Caribe transplatino

poesia neobarroca cubana e rioplatense

CARIBE TRANSPLATINO
Poesia neobarroca cubana e rioplatense

Organização e prólogo
Néstor Perlongher

Tradução
Josely Vianna Baptista

ILUMINURAS

Copyright© Iluminuras

Capa:
Fê

Foto:
Penna Prearo

Composição:
Ambos Mundos

ISBN: 85-85219-43-2

1991
Iluminuras — Projetos e Produções Editoriais Ltda.
Rua Oscar Freire, 1233 – CEP 01426
Tel.: (011) 852-8284
Fax: (011) 221-7907
São Paulo – Brasil

Sumário

CARIBE TRANSPLATINO 11

JOSÉ LEZAMA LIMA
    Chamado do desejoso 31
    Uma ponte, uma grande ponte 35
    A prova do jade 43

SEVERO SARDUY
    Nem a voz precedida pelo eco… 49
    O êmbolo polido e oleado… 51
    Embora ungiste o umbral e ensalivaste… 53

JOSÉ KOZER
    Viuvez 57
    Geometria da água 61
    Anatomia de Bartolomeo Colleoni 63
    1593 67

OSVALDO LAMBORGHINI
    Cantar das gredas nos olhos 71

NÉSTOR PERLONGHER
　As tias 83
　Mme. S. 85
　O palácio do cinema 89
　Caça 93

ROBERTO ECHAVARREN
　Animalaccio 97

ARTURO CARRERA
　A parteira canta (fragmentos) 113

EDUARDO MILÁN
　Estação da fábula 125
　Nerval: nervuras 127

TAMARA KAMENSZAIN
　Em sigilo insinua-se… 131
　O roupeiro… 133

Para Haroldo de Campos

purpúreo es ampo, rosicler nevado
Sor Juana Inés de la Cruz

CARIBE TRANSPLATINO
por Néstor Perlongher

Invasão de dobras, orlas iridescentes ou drapeados magníficos, o neobarroco prolifera nas letras latino-americanas; a "lepra criadora" lezamesca mina ou corrói — minoritária mas eficazmente — os estilos oficiais do bem dizer. É precisamente a poesia de José Lezama Lima, que tem seu ápice no romance *Paradiso,* que desencadeia a ressurreição, primeiramente cubana, do barroco nestas praias bárbaras.

Dado como morto e enterrado n
o século XIX — achatado pela marroquineria neoclássica, que o tomou como um modelo exorcizado de mal dizer —, o barroco começa a reemergir já no final do século XIX, quando surge o termo "neobarroco"[1] entre as fiorituras da *Art-nouveau* que desafiavam em seu redemoinho vegetal o utilitarismo contábil do burguês. Mais tarde, tudo passaria a ser lido a partir do barroco: o surrealismo, Artaud... O cubismo, arrisca-se, seria um barroco.[2]

Será o barroco algo restrito a um momento histórico determinado, ou as convulsões barrocas reaparecem em formas transistóricas? A questão obceca os especialistas. Deleuze vê, com propriedade, traços barrocos em Mallarmé: "A dobra é sem dúvida a noção mais importante de Mallarmé, não somente a noção mas, antes, a operação, o ato operatório que faz dele um grande poeta barroco".[3] Estado de sensibilidade, estado de espírito coletivo que marca o clima, "caracteriza" uma época ou um foco,[4] o barroco consistiria basicamente em certa operação de dobragem da matéria e da forma. Os torvelinhos da força, a dobra — esplendor claro-escuro — da forma.

É no plano da forma que o barroco, e agora o neobarroco, atacam. Mas essas formas em torvelinho, plenas de volutas voluptuosas que preenchem o topázio de um vazio, levemente oriental, convocam e manifestam, em sua obscuridade turbulenta de velado enigma, forças não menos obscuras. O barroco — observa González Echevarría[5] — é uma arte furiosamente antiocidental, pronta a se aliar, a entrar em misturas "bastardas" com culturas não ocidentais. Assim se processa, na transposição americana do Barroco Áureo (séculos XVI/XVII), o encontro e imisção com elementos (aportes, reapropriações, usos) indígenas e africanos: hispano-incaico e hispano-negróide, sintetiza Lezama, fixo nas obras fenomenais do Aleijadinho e do índio Kondori.[6]

De onde procede esta disposição excêntrica do barroco europeu e, também, hispano-americano? Trata-se de uma verdadeira desterritorialização fabulosa: Lezama Lima dizia que não precisava sair de seu quarto para "reviver a corte de Luís XIV e situar-me ao lado do Rei Sol, ouvir missa de domingo na catedral de Zamora junto a Colombo, ver Catarina, a Grande, passeando pelas margens do Volga congelado ou ir até o Pólo Norte e assitir ao parto de uma esquimó que depois comerá a própria placenta".[7]

***

Poética da desterritorialização, o barroco sempre choca e percorre um limite pré-concebido e sujeitante. Ao dessujeitar, dessubjetiva. É o desfazimento ou desprendimento dos místicos. Não é a poesia do eu, mas a aniquilação do eu. Libera o florilégio líquido (sempre fluente) dos versos da sujeição ao império romântico de um eu lírico. Tende à imanência e, curiosamente, essa imanência é divina, alcança, forma e integra (constitui) sua própria divindade ou plano de transcendência. O sistema poético concebido por Lezama — coordenadas transistóricas derivadas do uso radical da poesia como "conhecimento absoluto" — pode substituir a religião, *é* uma religião: um inflacionado, caprichoso e detalhista sincretismo transcultural capaz de alinhavar as ruínas e as rutilações dos mais variados monumentos da literatura e da história, alucinando-os. Para Vilena,[8] Lezama Lima é um xamã da cultura: qualidade iluminada, profética, dir-se-ia, do hermetismo, *trobar clus* místico, misterioso em seus métodos, embora não sempre em seus resultados aparentes.

A do barroco é uma divindade *in extremis:* sob o maníaco rigor do maneirismo,[9] a solta serpe de uma demência incontida. Mas, se demência, sagrada: pela primeira vez, "a poesia se converte em veículo de conhecimento absoluto, através do qual tenta-se chegar às essências da vida, da cultura e da experiência religiosa, penetrar poeticamente toda a realidade que sejamos capaz de abarcar".[10] Poética do êxtase: êxtase na festa jubilosa da língua em sua fosforescência incandescente.

***

Passeio esquizo do senhor barroco, nomadismo na fixidez. São *as viagens mais esplêndidas:* "as que um homem pode tentar pelos corredores de sua casa, indo do quarto para o banheiro, desfilando entre parques e livrarias. Para que levar em conta os meios de transporte? Penso nos aviões, onde os viajantes caminham só de proa a popa: isso não é viajar. A viagem é apenas um movimento da imaginação. A viagem é reconhecer, reconhecer-se, é a perda da infância e a admissão da maturidade. Goethe e Proust, esses homens de imensa diversidade, quase nunca viajaram. A imago era seu navio. Eu também: quase nunca saí de Havana. Admito duas razões: a cada saída meus brônquios pioravam; além disso, no centro de toda viagem flutuou sempre a lembrança da morte de meu pai. Gide disse que toda travessia é um pregusto da morte, uma antecipação do fim. Eu não viajo: por isso ressuscito".[11]

***

Certa disposição para o disparate, um desejo pelo rebuscado, pelo extravagante, um gosto pelo emaranhamento que soa *kitsch* ou detestável para as passarelas de modas clássicas, não é um erro ou desvio, parecendo antes algo constitutivo, em filigrana, de certa intervenção textual que afeta as texturas latino-americanas: texturas porque o barroco tece, mais que um texto significante, um entretecido de alusões e contrações rizomáticas, que transformam a língua em textura, lençol bordado que repousa na materialidade de seu peso.

***

O barroco do Século de Ouro pratica uma derrisão/derruimento, um simulacro desmesurado e ao mesmo tempo rigoroso, uma decodificação das metáforas clássicas presentes na poética anterior, de inspiração petrarquiana. Metáforas ao quadrado: assim, umas serenas ilhas num rio se transformam em "parênteses frondosos" na corrente das águas. Ao mesmo tempo, todo este trabalho de derruimento e de socavamento da língua — a poesia trabalha no plano da linguagem, no plano da expressão — monta, em sua rigorosidade de mônada áurea, um festival de ritmos e cores. Digamos que o barroco se "monta" sobre os estilos anteriores por uma espécie de "inflação de significantes": um dispositivo de proliferação. Trata-se — diz Sarduy — de "obliterar o significante de um sentido dado mas não substituindo-o por outro, e sim por uma cadeia de significantes que progride metonimicamente e que acaba por circunscrever o significante ausente, traçando uma órbita ao seu redor..." Saturação, enfim, da linguagem "comunicativa". A linguagem, poder-se-ia dizer, "abandona" (ou relega) sua função de comunicação, para desdobrar-se como pura superfície, espessa e irisada, que "brilha em si": "literaturas da linguagem", que traem a função puramente instrumental, utilitária, da língua, para deleitar-se nos meandros dos jogos de sons e sentidos — "função poética" que percorre e inquieta, soterrada, subterrânea, molecularmente, o plano das significações instituídas, compondo um artifício de plenitude cegante ou ofuscante, fincado e inflado em sua própria composição, mas cuja insistência obsessiva no redobro, no drapejamento, na torsão, empresta-lhe, no desperdício das nugas argentinas, uma contorsão pulsional, erótica. *Potlatch* sensual do desperdício, mas urdido, também, de "texturas materiais", um "teatro das matérias" (Deleuze): endurecida em seu estiramento ou em sua "histérese" (o rigor da histeria), a matéria, elíptica em sua forma, "peut devenir apte à exprimer en sois les plis d'une autre matière". Matéria pulsional, corporal, à que o barroco alude e convoca em sua corporalidade de corpo pleno, dobrado e saturado de inscrições heterogêneas.

***

À sedição pela sedução. A maquinaria do barroco dissolve a pretensa unidirecionalidade do sentido em uma proliferação de alusões e toques, cujo excesso, tão carregado, impõe seu esplendor altissonante ao encanto rafado do que, nesse meandro concupiscente, se maquilava.

A máquina barroca lança o ataque estridente de suas bijuterias irisadas no plano da significação, minando o nódulo do sentido oficial das coisas. Não procede apenas a uma substituição de um significante por outro, e sim multiplica, como num jogo de duplos espelhos invertidos (o duplo espelho de Osvaldo Lamborghini), os raios múltiplos de uma polifonia polifêmica que um logos anacrônico imaginasse em sua miopia como passíveis de serem reduzidos a um sentido único, desdobrando-os, em sua rede associativa e fônica, de um modo rizomático, aparentemente desordenado, dissimétrico, turbulento. No fim o referente aludido fica como que sepulto sob essa catarata de fulgurações, e já não importa se seu sentido se perde, atua na proliferação como uma potência ativa de esquecimento: esquecimento ou confusão — o *confusional* oposto ao *confessional* — daquilo que nessa elisão se iludia.

***

Como barroquizar uma igreja?: "enchê-la de anjos em vôo, glórias hipnóticas, redemoinhos de nuvens em extática levitação, falsas colunas ou perspectivas em fuga de São Sebastião atormentado por dores esquisitas..."[12] Tudo entra em suspensão, tudo levanta vôo. A carnavalização barroca não é meramente uma acumulação de ornamentos — mesmo quando todo brilho reluza nos véus de purpurina. O peso desses rococós, desses anjos contorcidos e dessas virgens encavaladas em consolos de chumbo derruba — ou o menciona como um elemento a mais, sem hierarquia especial — o edifício do referente convencional. Como no *Theatrum Philosoficum* de Foucault, tudo aquilo que é supostamente profundo sobe à superfície: o efeito de profundidade não passa de uma dobra no drapeado da superfície que se estira. Antes de desvendar as máscaras, a língua parece, em seu borbulhante salivar, recobrir, envolver, empacotar luxuosamente os objetos em circulação.

A catástrofe resultante não implica apenas em certa perda do sentido, do fio do discurso. Nessas contorsões, as palavras se materializam, se tornam objetos, símbolos pesados e não apenas limiares sossegados de uma cerimônia de comunicação. O hermetismo constitutivo do signo poético barroco, ou melhor, neobarroco, torna — escreve Yurkievitch[13] — impraticável a exegese: ocorre "uma incontrolável subversão referencial", uma inefável irredutibilidade, na absoluta autonomia do poema. No mercado do intercâmbio lingüístico, onde os significados são contabilizados em significantes legitimados e fixos, produz-se uma alteração, uma disputa: como se uma feira gitana irrompesse no alvoroço cinza da Bolsa.

Seria infeliz pensar como informe o resultado desta alteração aliterante. Pelo contrário, a proliferação ocorre também no nível dos códigos, que se sofisticam em rigores cada vez mais microscópicos. Poética dos extremos, ao *summum* de código corresponderá o máximo de energia passional, dilapidada no furor.[14] E essa multiplicidade minuciosa é a que preside e veicula as oscilações do fluxo que, em sua disparada, se desmente, contradiz ou vacila.

A máquina barroca não procede, como Dada, a uma pura destruição. O arrasamento não desterritorializa no sentido de tornar liso o território que invade, mas o baliza de arabescos e bandeirolas fincados nos chifres do touro europeu.

***

O novo surto do barroco chega a Cuba via Espanha, onde García Lorca e a geração de 27 o reivindicavam, entusiasmados pelos festejos do tricentenário gongorino. A irrupção do vate gigantesco da rua Trocadero não tem relação com o que se vinha escrevendo na ilha e liga-se diretamente às vanguardas espanholas. O encontro dos jovens poetas de *Orígenes* com Juan Ramón Jiménez adquire assim o valor de um acontecimento genealógico. Impulsionado por esses poetas estetizantes, o barroco se enraíza em Cuba. É surpreendente — nota o crítico cubano González Echevarría[15] — que justamente "o único país do hemisfério que experimenta uma revolução política de grande alcance seja o que produz uma literatura que, de qualquer perspectiva comumente aceita, se afasta do que se concebe como literatura revolucionária".

Esta tensão não deixaria de alimentar severos confrontos (que não podem ser totalmente atribuídos à subversão escritural). Lezama Lima, que escolheu permanecer em sua casa em Havana depois da revolução, logo entraria em surdos conflitos com o regime, que lhe negaria o visto de saída. Como boa parte da literatura cubana contemporânea, também o barroco cubano floresceria no exílio, graças, em boa parte, à grácil prosa de Severo Sarduy. É o mesmo Sarduy que põe em circulação, em um artigo de 1972[16], o termo "neobarroco": dissipação, superabundância do excesso, "nódulo geológico, construção móvel e lamacenta, de barro..."

NEOBARROCO/NEOBARROSO

Falamos de *neobarroco* e *neobarroso*. Por que *neobarroso*? Essas torsões de jade no ofego soariam rebuscadas e fúteis (brilho oco que apenas embaça a intranscendência superficial) nos salões de letras rioplatenses, desconfiados por princípio de toda tropicalidade e inclinados a dopar com a ilusão de profundidade a melancolia das grandes distâncias do desenraizamento. Borges já desqualificara o barroco com uma ironia célebre: "É barroca a frase final de toda arte, quando ela exibe e gasta seus recursos (...); quando ela esgota, ou pretende esgotar, suas possibilidades e limita com sua própria caricatura". *(Historia Universal de la Infamia)*

Isso não significa que o impulso de barroquização não estivesse presente nas escrituras transplatinas — e, de um modo geral, no interior do espanhol. Darío já artificializara tudo, e um certo Lugones o seguiria no paciente engaste de jaspeadas rimas.

Por outro lado, o neobarroco hispano-americano parece resultar — pode-se arriscar — do encontro entre esse fluxo barroco que é, apesar de seus silêncios, uma constante no espanhol, e a explosão do surrealismo. Algum dia seria preciso reconstruir (como faz Lezama em relação ao barroco áureo) os desdobramentos do surrealismo em sua implantação latino-americana, como serviu nestas costas bravias (pelo menos na Argentina e em Cuba) para radicalizar a empresa de desrealização dos estilos oficiais — o realismo e suas derivações, como a "poesia social". Na Argentina, a potência do surrealismo é determinante, através de vozes como as de Aldo Pellegrini, Francisco Madariaga e, principalmente, Enrique Molina. No próprio Lezama sente-se o impacto do surrealismo; sobre ele se monta ou lavra a construção barroca (isso se percebe em poemas como "Uma ponte, uma grande ponte").

No entanto, o próprio Lezama se encarrega de diferenciar os procedimentos: o que ele faz "claro que não é surrealismo, porque há uma metáfora que se desloca, não conseguida diretamente pelo choque fulminante de duas metáforas".[17] Metáfora translatícia, torna impossível deter o deslocamento incessante do sentido, como um módulo móvel.

Voltando à Argentina, foram várias as estratégias que surgiram para minar o sentido convencional das coisas, refugiado às vezes num lirismo sentimental e expressivo. A operação de estranhamento, com matizes arcaizantes, é sensível em Macedonio Fernández, que cifra em efeitos retóricos o nada. Não há como classificar as permutações significantes que Oliverio Girondo faz com o espanhol em *En la masmédula,* cruzando-se às cegas, como demonstra Jorge Schwartz,[18] com o experimentalismo concretista de Haroldo de Campos. Por sua vez, o já citado Enrique Molina ataca as narrativas dominantes e a própria história, alinhavando em micropontos fascinantes a crônica poética da tragédia de Camila O'Gorman.

As poéticas neobarrocas, dando seqüência a uma idéia de Roberto Echavarren,[19] tomam muito das vanguardas, particularmente sua vocação de experimentação, mas não são bem vanguardas. Falta-lhes seu sentido de igualização militante dos estilos e sua destruição da sintaxe (ambos presentes no concretismo): trata-se, antes, de uma *hiper-sintaxe,* próxima às maneiras de Mallarmé. Lança-se ao mesmo tempo a reivindicar e a reapropriar-se do modernismo, recuperando os uruguaios Herrera y Reissig e Delmira Agustini, entre outros.

Mas há uma diferença essencial entre estas escrituras contemporâneas e o barroco do Século de Ouro. Montado na condensação da retórica renascentista, o barroco áureo exige a tradução: resguarda a possibilidade de decodificar a simbologia cifrada e restaurar o texto "normal", nos moldes do trabalho realizado por Dámaso Alonso sobre os textos de Góngora. Ao contrário, os experimentos neobarrocos não permitem a tradução, sugerem-na — diz Nicolás Rosa[20] — mas tramam para perturbá-la e por fim destituí-la.

Assim, à diferença do barroco do Século de Ouro — que descreve audazes piruetas sobre uma base clássica —, o barroco contemporâneo carece de um solo literário homogêneo onde montar o entretecido de suas minas. Produto de certa dilaceração do realismo, paralelo ao desgaste do "realismo mágico" e do "real maravilhoso", a eclosão de uma variedade de escrituras instrumentais mais ou menos transparentes dispersa no deserto os aduares dos estilos cristalinos.

Esta operação de montagem sobre um estilo anterior torna-se clara em um poeta que não seria prudente classificar, sem mais, como neobarroco: o argentino Leónidas Lamborghini. Ele começa com uma poesia de cunho social, que deve algo ao populismo de Evaristo Carriego e talvez ao *sencillismo* (simplismo) de um Baldomero Fernández Moreno, para ir "barroquizando" esse substrato por saturação metonímica — dispositivo claro sobretudo em um livro de 1980, *Episodios*.

Mais radical é a experiência de seu irmão, Osvaldo Lamborghini, a quem não se vacilaria em outorgar os louros da invenção neobarrosa. Sua obra pode ser considerada o estopim desse fluxo escritural que embarroca ou embarra as letras transplatinas. Provindo, como seu irmão, da militância peronista, Osvaldo Lamborghini entra em conexão com um veio completamente diferente, que é a irrupção do lacanismo. Este reconhece — em que pese sua atual oficialização — uma época heróica, quase pornográfica. Em 1968, Germán García provoca um ressonante escândalo judicial com seu romance *Nanina,* best-seller censurado que revela intimidades populares que a revolução sexual tornou ingênuas. Editado no ano seguinte, *El Fiord* — cuja radicalidade partia da obscenidade de um parto despótico, para desatar uma subversão da língua mais ambiciosa — descreve assim o nascimento de uma escritura:

> "E por que, se afinal de contas a criatura acabou sendo tão miserável — no que toca ao tamanho, entendamo-nos — ela proferia semelhantes gritos, arrancando desvairada os cabelos e precipitando ferozmente as nádegas sobre o atigrado colchão?"[21]

Continuando esse rápido esboço, convém mencionar o escritor que mais relação textual tem com Lezama Lima ou Severo Sarduy: Arturo Carrera. O neobarroso transplatino teria, na verdade, um duplo nascimento. Um, o de *El Fiord;* outro, o de *La partera canta:*

"...A parteira arranhando. Tiritando nos blocos. Ouvindo os aquáticos gracejos do chocalho que se agitavam na pança da sorte. As moedas apagadas é as folhas da escarcha. A umidade gelada que penetra nos sulcos e queima e alimenta. O campo. Para ela, o pensamento lácteo... e um fórceps de gelo. Um puxo inadvertido em outro tédio. Um gritinho sufocado entre trevos e outro olhar curioso e 'gritado' sobre a bigorna dinamitada do tinteiro..."[22]

Como entender isto que não é uma vanguarda, nem sequer um movimento, mas apenas uma marca deletéria de um fluxo literal que envolve, nas palavras de Libertella,[23] "aquele movimento comum da língua espanhola que tem seus matizes no Caribe (musicalidade, graça, sutileza, artifício, picaresca que convertem o barroco numa proposta — "tudo para convencer", diz Severo Sarduy) e tem seus diferentes matizes no Rio da Prata (racionalismo, ironia, engenho, nostalgia, ceticismo, psicologismo?)".

TALHO/TATUAGEM

As condições da relação entre a língua e o corpo, entre a inscrição e a carne, admitem tensores diferentes no neobarroco contemporâneo. No cubano Severo Sarduy, diretamente filiado a Lezama, a inscrição toma a forma de tatuagem: "Com tanto botão em flor, tanta guedelha de ouro e tanta nadegazinha rubensiana ao seu redor, está o cifrador que não sabe mais onde dar a cabeçada; tenta uma pincelada e dá uma beliscada, acaba uma flor entre as bordas mais dignas de acolhê-la e depois a apaga com a língua para pintar outra com mais estames e pistilos e corolas cambiantes".[24] O autor é, para Sarduy, um tatuador; a literatura, a arte da tatuagem.

Já para Osvaldo Lamborghini, mais que de uma tatuagem, trata-se de um talho, que corta a carne, raspa o osso. Veja-se este fragmento de "El Niño proletario": "Daí todas as coisas que lhe fiz, na tarde de sol minguante, azul, com a lâmina. Abri-lhe um canal de lábio duplo na perna esquerda até que o osso desprezível e vadio ficou exposto. Era um osso branco como todos os outros, mas seus ossos não eram ossos semelhantes. Talhei-lhe a mão e vi outro osso, crispados os nódulos-falanges, aferrados, cravados no barro, enquanto Esteban agonizava a ponto de gozar".[25]

***

Entre estes dois grandes pólos da tensão talho/tatuagem desenvolvem-se, *grosso modo,* uma multiplicidade de escrituras neobarrocas ou, seria mais generoso dizer, de traços neobarrocos nas poéticas hispano-americanas. Não se trata, em absoluto, de uma escola, mas algumas linhas comuns podem ser reconhecidas. Certa desterritorialização dos *argots* (em *Maitreya,* de Sarduy, um *chongo** rioplatense emerge das águas do Caribe) que se corresponde, em parte, com a dispersão dos autores: Sarduy em Paris, Echavarren e Kozer em Nova York, Eduardo Milán no México, etc.

O cubano Severo Sarduy, cuja contribuição mais importante para as letras são seus romances, escreveu pouca poesia. Em seu livro *Un Testigo Fugaz y Disfrazado* recupera as formas clássicas de versificação esvaziando-as (ou preenchendo-as?) de uma sensualidade às vezes travessa. Seu compatriota José Kozer pratica uma espécie de suspensão narrativa que parece dever muito aos climas proustianos. O outro extremo da articulação neobarroca seria dado por escrituras vizinhas ao que se costuma chamar de "poesia pura", como é o caso de Eduardo Milán, que à proliferação dos outros opõe a concisão. Nisso se parece um pouco — nem que seja pela brevidade — às dobras amorosamente lavradas de Tamara Kamenszain. O outro uruguaio da seleção, Roberto Echavarren, se caracteriza por poe-

---

* Gíria do ambiente *gay* rioplatense, que designa aquele que faz o papel de macho numa relação homossexual. (N. T.)

mas de longo fôlego, onde certa erudição se encontra com o coloquialismo de uma narrativa em ruínas, que parece, em sua aparente perda, recuperar a ganância de outras ondas.

Mais que uma compilação extensiva, preferiu-se esboçar uma cartografia intensiva, que desse conta desse arco neobarroco, cujos limites tão difusos é muito arriscado tentar traçar. Sem pretensão de exaustividade, há, claro, outros poetas neobarrocos ou assimiláveis a esta ressurreição do barroquismo nos demais países hispano-americanos. Pode-se citar Coral Bracho no México, Mirko Lauer no Peru, Gonzalo Muñoz e Diego Maquieira no Chile, onde também se destaca, dentro desta corrente, a romancista Diamela Eltit. No próprio Brasil, a evolução de Haroldo de Campos em *Galáxias* se orienta no sentido de um crescente barroquismo, onde caberia situar também o experimentalismo de Paulo Leminski em *Catatau*. Outros bardos brilham nos lindes das landas barrocas: no Uruguai a fascinante cintilação arrasadora de Eduardo Espina (seu poemário *Valores Personales* é de 1983) e o encanto preciosista de Marosa di Giorgio. Nesses confins se situa também o jovem peruano residente em Buenos Aires Reynaldo Jiménez, cuja obra, mesmo breve, permite prever uma fulguração funambulesca nas redes suspensas da língua.

Se o barroco do Século de Ouro, como dissemos, monta-se sobre um solo clássico, o neobarroco carece — diante da dispersão dos estilos contemporâneos — de um plano fixo onde implantar suas garras. Monta-se, pois, em qualquer estilo: a perversão — dir-se-ia — pode florescer em qualquer canto da letra. Em sua expressão rioplatense, a poética neobarroca enfrenta uma tradição literária hostil, ancorada na pretensão de um realismo de profundidade, que costuma acabar chapinhando nas águas lodosas do rio. Daí o apelativo paródico de "neobarroso" para denominar esta nova emergência.

Barroco = pérola irregular, nódulo de barro.

NOTAS AO PREFÁCIO

1. HOCKE, Gustavo R. *Maneirismo, o mundo como labirinto*. São Paulo, Perspectiva, 1986. Ver também GUÉRIN, J. Y., "Errances dans un archipel introuvable", em BENOIST, J. M. *Figures du Baroque*. Paris, PUF, 1983.

2. SCHÉRER, R. e HOCQUENGHEM, G. *El alma atómica*. Barcelona, Gedisa, 1987.

3. DELEUZE, G. *Le pli*. Paris, Minuit, 1988.

4. Omar Calabrese, em *A idade neobarroca* (São Paulo, Martins Fontes, 1987) trata o neobarroco como um ar do tempo, um gosto de época, e lista suas características: perda de integridade, de globalidade, de sistematicidade, busca de instabilidade, polidimensionalidade, flutuação, turbulência.

5. GONZÁLEZ ECHEVARRÍA, R. *Relecturas. Estudios sobre literatura cubana*. Caracas, Monte Ávila, 1976.

6. LEZAMA LIMA, J. *La expresión americana*, Santiago de Chile, Ed. Universitaria, 1969.

7. Idem.

8. VILLENA, L. A. "Lezama Lima: Fragmentos a su imán o el final del festín". *Voces*, nº 3, Barcelona.

9. NAVRATIL, Leo. *Schizophrenie et Art*. Bruxelles, Complexe, 1978.

10. VITIER, C. "La poesía de José Lezama Lima y el intento de una teleología insular". *Voces*, nº 3, Barcelona.

11. Entrevista a Lezama Lima, em GONZÁLEZ, R. *Lezama Lima, el ingenuo culpable*. La Habana, Letras Cubanas, 1988.

12. SCHÉRER, R. e HOCQUENGHEM, G. ob. cit.

13. YURKIEVITCH, Samuel. "La risueña oscuridad o los emblemas emigrantes". *Coloquio internacional sobre la obra de Lezama Lima. Poesía*. Madrid, Espiral/Fundamentos, 1984.

14. BUCI GLUCKSMAN, C. *La folie du voir*. Paris, Galilée, 1986.

15. GONZÁLEZ ECHEVARRÍA. Ob. cit.

16. SARDUY, S. "El barroco y el neobarroco". *América Latina en su literatura*. Coord. César Fernández Moreno. México, S. XXI, 1976.

17. LEZAMA LIMA, J. Entrevista por T. E. Martínez, reproduzida no livro de Reynaldo González, já citado.

18. SCHWARTZ, J. *Vanguarda e Cosmopolitismo*. São Paulo, Perspectiva, 1983.

19. Roberto Echavarren, entrevistado por Arturo Carrera: "Todo, excepto el futuro a la vuelta de la esquina y el pasado irrealizado". *La Razón Cultural*. Buenos Aires, 7/9/86.

20. ROSA, N. Prólogo a *Si no a enhestar el oro oído,* de Héctor Piccoli. Rosario, La Cachimba, 1983.

21. LAMBORGHINI, O. *El Fiord*. Buenos Aires, Sudamericana, 1982.

22. CARRERA, A. *La partera canta*. Buenos Aires, Sudamericana, 1982.

23. LIBERTELLA, H. *Nueva escritura en hispanoamérica*. Caracas, Monte Ávila, 1975.

24. SARDUY, S. *Cobra*. Buenos Aires, Sudamericana, 1974.

25. LAMBORGHINI, O. *Sebregondi retrocede*. Buenos Aires, Noé, 1973.

JOSÉ LEZAMA LIMA

O cubano José Lezama Lima nasce no acampamento militar de Columbia, onde seu pai fazia treinamentos, em 1910. Viveu sempre em Havana. Publicou os seguintes livros de poesia: *Muerte de Narciso* (La Habana, Ucar, García & Cia., 1937); *Enemigo Rumor* (La Habana, Ucar, García & Cia., 1941); *Aventuras Sigilosas* (La Habana, Orígenes, 1945); *Dador* (La Habana, 1960); *Poesías Completas* (La Habana, Instituto del Libro, 1970); *Fragmentos a su Imán* (Edição póstuma. La Habana, 1977). Uma nova edição de suas *Poesías Completas* foi publicada pela Editora Seix Barral, de Barcelona, em 1974. Entre as recopilações de seus textos se destacam: *Lezama Lima* (Buenos Aires, Jorge Alvarez, 1968) e *Órbita* de Lezama Lima, compilada por Armando Alvarez Bravo (La Habana, Ed. Unión, 1966). Autor dos romances *Paradiso* (La Habana, Ed. Unión, 1966), com diversas reedições e traduções (entre elas a brasileira, realizada por Josely Vianna Baptista e publicada pela Brasiliense, de São Paulo, em 1987), e *Oppiano Licario* (México, Era, 1977), seus contos foram reunidos nos volumes intitulados *Cangrejos, golondrinas* (Buenos Aires, Calicanto, 1977) e *Juego de las decapitaciones* (Barcelona, Montesinos, 1981). Publicou os ensaios: *Coloquio con Juan Ramón Jiménez* (La Habana, Secretaría de Educación, 1950), *Analecta del reloj* (La Habana, Orígenes, 1953), *La expresión americana* (La Habana, Instituto Nacional de Cultura, 1957, com várias reedições e traduções), *Tratados en la Habana* (La Habana, Ucar, García S.A., 1958) — recolhidos parcialmente em *Algunos tratados en la Habana* (Barcelona, Anagrama, 1971) —, *La cantidad hechizada* (La Habana, Ed. Unión, 1970), entre outras compilações parciais. Sua irmã Eloísa Lezama Lima editou sua correspondência — *Cartas,* Madrid, Orígenes, 1979 — e a editorial Aguilar de Madrid suas *Obras Completas* (Tomo I, 1977; tomo II, 1978). Morreu em Havana em 1976.

LLAMADO DEL DESEOSO

Deseoso es aquel que huye de su madre.
Despedirse es cultivar un rocío para unirlo con la secularidad de la saliva.
La hondura del deseo no va por el secuestro del fruto.
Deseoso es dejar de ver a su madre.
Es la ausencia del sucedido de un día que se prolonga
y es a la noche que esa ausencia se va ahondando como un cuchillo.
En esa ausencia se abre una torre, en esa torre baila un fuego hueco.
Y así se ensancha y la ausencia de la madre es un mar en calma.
Pero el huidizo no ve el cuchillo que le pregunta,
es de la madre, de los postigos asegurados, de quien se huye.
Lo descendido en vieja sangre suena vacío.
La sangre es fría cuando desciende y cuando se esparce circulizada.
La madre es fría y está cumplida.
Si es por la muerte, su peso es doble y ya no nos suelta.
No es por las puertas donde se asoma nuestro abandono.
Es por un claro donde la madre sigue marchando, pero ya no nos sigue.
Es por un claro, allí se ciega y bien nos deja.
Ay del que no marcha esa marcha donde la madre ya no le sigue, ay.

CHAMADO DO DESEJOSO

Desejoso é aquele que foge de sua mãe.
Despedir-se é lavrar um orvalho para uni-lo à secularidade da saliva.
A profundidade do desejo não está no seqüestro do fruto.
Desejoso é deixar de ver sua mãe.
É a ausência do acontecido de um dia que se prolonga
e é na noite que essa ausência vai afundando como um punhal.
Nessa ausência se abre uma torre, nessa torre dança um fogo oco.
E assim se alastra e a ausência da mãe é um mar em calma.
Mas o fugidio não vê o punhal que lhe pergunta,
é da mãe, dos postigos fechados, que ele foge.
O descendido em sangue antigo soa vazio.
O sangue é frio quando desce e quando se espalha circulizado.
A mãe é fria e está perfeita.
Se for por morte seu peso dobra e não mais nos solta.
Não é pelas portas onde assoma nosso abandono.
É por um claro onde a mãe ainda anda, mas já não nos segue.
É por um claro, ali se cega e logo nos deixa.
Ai do que não anda esse andar onde a mãe não o segue mais, ai.

*No es desconocerse, el conocerse sigue furioso como en sus días,
pero el seguirlo sería quemarse dos en un árbol,
y ella apetece mirar el árbol como una piedra,
como una piedra con la inscripción de ancianos juegos.
Nuestro deseo no es alcanzar o incorporar un fruto ácido.
El deseoso es el huidizo
y de los cabezazos con nuestras madres cae el planeta centro de mesa
y ¿de dónde huimos, si no es de nuestras madres de quien huimos
que nunca quieren recomenzar el mismo naipe, la misma noche de igual
ijada descomunal?*

Não é desconhecer-se, o conhecer-se segue furioso como em seus dias,
mas segui-lo seria o incêndio de dois numa só árvore,
e ela adora olhar a árvore como uma pedra,
como uma pedra com a inscrição de antigos jogos.
Nosso desejo não é pegar ou incorporar um fruto ácido.
O desejoso é o fugidio
e das cabeçadas com nossas mães cai o planeta centro de mesa
e de onde fugimos, se não é de nossas mães que fugimos,
que nunca querem recomeçar o mesmo jogo, a mesma
noite de igual ilharga descomunal?

UN PUENTE, UN GRAN PUENTE

*En medio de las aguas congeladas o hirvientes,
Un puente, un gran puente que no se le ve,
pero que anda sobre su propia obra manuscrita,
sobre su propia desconfianza de poderse apropiar
de las sombrillas de las mujeres embarazadas,
con el embarazo de una pregunta transportada a lomo de mula
que tiene que realizar la misión
de convertir o alargar los jardines en nichos
donde los niños prestan sus rizos a las olas,
pues las olas son tan artificiales como el bostezo de Dios,
como el juego de los dioses,
como la caracola que cubre la aldea
con una voz rodadora de dados,
de quinquenios, y de animales que pasan
por el puente con la última lámpara
de seguridad de Edison. La lámpara, felizmente,
revienta, y en el reverso de la cara del obrero,
me entretengo en colocar alfileres,
pues era uno de mis amigos más hermosos,
a quien yo en secreto envidiaba.*

*Un puente, un gran puente que no se le ve,
un puente que transportaba borrachos*

UMA PONTE, UMA GRANDE PONTE

Em meio às águas congeladas ou ardentes,
uma ponte, uma grande ponte que não dá para ver,
mas que caminha sobre sua própria obra manuscrita,
sobre sua própria dúvida em poder se apossar
das sombrinhas das mulheres grávidas,
com a gravidade de uma pergunta levada em lombo de mula
que tem que cumprir o ofício
de transformar ou alongar os jardins em nichos
onde os meninos confiam seus cachos às ondas,
pois as ondas são tão artificiais quanto o bocejo divino,
como o jogo dos deuses,
como o caracol que cobre a aldeia
com uma voz roladora de dados,
de qüinqüênios, e de animais que passam
pela ponte com a última lâmpada
de segurança de Edison. A lâmpada, felizmente,
estoura, e no avesso da cara do operário,
me divirto colocando alfinetes,
pois era um de meus amigos mais bonitos,
a quem eu invejava em segredo.

Uma ponte, uma grande ponte que não dá para ver,
uma ponte que levava bêbados

*que decían que se tenían que nutrir de cemento,
mientras el pobre cemento con alma de león,
ofrecía sus riquezas de miniaturista,
pues, sabed, los jueves, los puentes
se entretienen en pasar a los reyes destronados,
que no han podido olvidar su última partida de ajedrez,
jugada entre un lebrel de microcefalia reiterada
y una gran pared que se desmorona,
como el esqueleto de una vaca
visto a través de un tragaluz geométrico y mediterráneo.
Conducido por cifras astronómicas de hormigas
y por un camello de humo, tiene que pasar ahora el puente,
un gran tiburón de plata,
en verdad son tan sólo tres millones de hormigas
que en un gran esfuerzo que las ha herniado,
pasan el tiburón de plata, a medianoche,
por el puente, como si fuese otro rey destronado.*

*Un puente, un gran puente, pero he ahí que no se le ve, —
sus armaduras de color de miel, pueden ser las vísperas sicilianas
pintadas en un diminuto cartel,
pintadas también con gran estruendo del agua,
cuando todo termina en plata salada
que tenemos que recorrer a pesar de los ejércitos
hinchados y silenciosos que han sitiado la ciudad sin silencio,
porque saben que yo estoy allí,
y paseo y veo mi cabeza golpeada,
y los escuadrones inmutables exclaman:
es un tambor batiente,
perdimos la bandera favorita de mi novia,
esta noche quiero quedarme dormido agujereando las sábanas.
El gran puente, el asunto de mi cabeza
y los redobles que se van acercando a mi morada,
después no sé lo que pasó, pero ahora es medianoche,*

que diziam ter que se nutrir de cimento,
enquanto o pobre cimento com alma de leão,
oferecia seus primores de miniaturista,
pois, saibam, nas quintas-feiras as pontes
se distraem passando os reis destronados
que não conseguem esquecer sua última partida de xadrez,
jogada entre um galgo de microcefalia reiterada
e uma muralha que desmorona,
como o esqueleto de uma vaca
visto através de uma clarabóia geométrica e mediterrânea.
Transportado por cifras astronômicas de formigas
e por um camelo de fumaça, tem que passar agora a ponte
um grande tubarão de prata,
na verdade são apenas três milhões de formigas
que, num grande esforço que as herniou,
passam o tubarão de prata, à meia-noite,
pela ponte, como se fosse outro rei destronado.

Uma ponte, uma grande ponte, e eis que não se pode vê-la,
suas armaduras cor de mel, podem ser as vésperas sicilianas
pintadas num diminuto cartaz,
pintadas também com grande estrondo da água,
quando tudo acaba em prata salgada,
que temos que percorrer apesar dos exércitos
inchados e silenciosos que sitiaram a cidade sem silêncio,
pois sabem que eu estou ali,
e passeio e vejo minha cabeça golpeada,
e os esquadrões imóveis exclamam:
é um tambor de parada,
perdemos a bandeira preferida de minha namorada,
esta noite quero ficar adormecido furando os lençóis.
A grande ponte, o assunto de minha cabeça
e os rufos que vão beirando minha morada,
não sei o que houve depois, mas agora é meia-noite,

y estoy atravesando lo que mi corazón siente como un gran puente.
Pero las espaldas del gran puente no pueden oír lo que yo digo
que yo nunca pude tener hambre,
porque desde que me quedé ciego
he puesto en el centro de mi alcoba
un gran tiburón de plata,
al que arranco minuciosamente fragmentos
que moldeo en forma de flauta
que la lluvia divierte, define y acorrala.
Pero mi nostalgia es infinita,
porque ese alimento dura una recia eternidad,
y es posible que sólo el hambre y el celo
puedan reemplazar el gran tiburón de plata,
que yo he colocado en el centro de mi alcoba.
Pero ni el hambre ni el celo ni ese animal
favorito de Lautréamont han de pasar solos y vanidosos
por el gran puente, pues los chivos de regia estirpe helénica
mostraron en la última exposición internacional
su colección de flautas, de las que todavía queda hoy un eco
en la nostálgica mañana velera, cuando el pecho de mar
abre una pequeña funda verde y repasa su muestrario
de pipas, donde se han quemado tantos murciélagos.
Las rosas carolingias crecidas al borde de una varilla irregular.
El cono de agua que las mulas enterradas en mi jardín
abren en la cuarta parte de la medianoche
que el puente quiere hacer su pertenencia exquisita.
Las manecillas de ídolos viejos, el ajenjo mezclado con el rapto
de las aves más altas, que reblandecen la parte del puente
que se apoya sobre el cemento aguado, casi medusario.

Pero ahora es necesario para salvar la cabeza
que los instrumentos metálicos puedan aturdirse espejando
el peligro de la saliva trocada en marisco barnizado
por el ácido de los besos indisculpables
que la mañana resbala a nuevo monedero.

e atravesso o que meu coração sente como uma grande ponte.
Mas o dorso da grande ponte não pode ouvir o que digo:
Que eu nunca pude ter fome,
pois desde que fiquei cego
coloquei no centro do quarto
um grande tubarão de prata
do qual arranco minuciosamente fragmentos
que moldo em forma de flauta
que a chuva diverte, define e acossa.
Mas minha nostalgia é infinita,
pois esse alimento dura uma árdua eternidade,
e é possível que só a fome e o ciúme
possam substituir o grande tubarão de prata,
que coloquei no centro de meu quarto.
Mas nem a fome nem o ciúme nem esse animal
favorito de Lautréamont passarão sozinhos e vaidosos
pela grande ponte, pois os cabritos de régia estirpe helênica
mostraram na última exposição internacional
sua coleção de flautas, das quais ainda hoje resta um eco
na nostálgica manhã veleira, quando o peito de mar
abre sua pequena capa verde e revê seu mostruário
de cachimbos, onde arderam tantos morcegos.
As rosas carolíngias crescidas à beira de uma vareta irregular.
O cone de água que as mulas enterradas em meu jardim
sulcam na quarta parte da meia-noite
que a ponte quer tornar sua rara pertença.
As mãozinhas de ídolos velhos, o absinto misturado ao rapto
das aves mais altas, que amoleçam o ponto da ponte
apoiado sobre o cimento aguado, quase medusário.

Mas para salvar a cabeça é preciso agora
que os instrumentos metálicos possam se atordoar espelhando
o perigo da saliva convertida em marisco envernizado
pelo ácido dos beijos indesculpáveis
que a manhã resvala a novo moedeiro.

*¿Acaso el puente al girar solo envuelve
al muérdago de mansedumbre olivácea,
o al torno de giba y violín arañado
que raspa el costado del puente goteando?
Y ni la gota matinal puede trocar
la carne rosada del memorioso molusco
en la aspillera dental del marisco barnizado.*

*Un gran puente, desatado puente
que acurruca las aguas hirvientes
y el sueño le embiste blanda la carne
y el extremo de lunas no esperadas suena hasta el fin las sirenas
que escurren su nueva inclinación costillera.*

*Un puente, un gran puente, no se le ve,
sus aguas hirvientes, congeladas,
rebotan contra la última pared defensiva
y raptan la testa y la única voz
vuelve a pasar el puente, como el rey ciego
que ignora que ha sido destronado
y muere cosido suavemente a la fidelidad nocturna.*

Será que ao girar a ponte só envolve
o loranto de olivácea serenidade,
ou o torno corcunda e violino arranhado
que raspa o flanco da ponte gotejando?
E nem a gota matinal pode mudar
a rósea carne do memorioso molusco
em seteira dental do marisco envernizado.

Uma grande, desatada ponte
que aconchega as águas ardentes
e o sonho lhe investe macia a carne
e o extremo de luas inesperadas soa até o fim as sirenas
que escorrem sua nova inclinação costeira.

Uma ponte, uma grande ponte, que não dá para ver,
suas águas ardentes, congeladas,
se chocam contra a última muralha defensiva
raptando a fronte e a única voz
cruza de novo a ponte, como o rei cego
que ignora que foi destronado
e morre suavemente liado à fidelidade noturna.

LA PRUEBA DEL JADE

*Cuando llegué a la subdividida casa,
donde lo mismo podía encontrar el falso
reloj de Postdam los días del recibo
del ajedrecista Kempelen, o el perico
de porcelana de Sajonia, favorito de María Antonieta.
Estaba allí también, en su caja de peluche
negro y de algodón envuelto en tafetán blanco,
la pequeña diosa de jade, con un gran ramo
que pasaba de una mano a la otra más fría.
La ascendí hasta la luz, era el antiguo
rayo de la luna cristalizado, el gracioso bastón
con el que los emperadores chinos juraban el trono,
y dividían el bastón en dos partes y la sucesión
milenaria seguía subdividiendo y siempre quedaba el jade
para jurar, para dividir en dos partes,
para el ying y para el yang.
Pero el probador, paseante de los metales y las jarras,
me dijo con su cara rápida de conejo color caramelo:
apóyela en la mejilla, el jade siempre frío.
Sentí que el jade era el interruptor,
el interpuesto entre el pascalino entredeux,
el que suspende la afluencia claroscura,
la espada para la luminosidad espejante*

A PROVA DO JADE

Quando cheguei à subdividida casa,
onde tanto podia encontrar o falso
relógio de Postdam os dias de recibo
do enxadrista Kempelen, ou o periquito
de porcelana da Saxônia, favorito de Maria Antonieta.
Também estava ali, em sua caixa de pelúcia
negra e de algodão envolto em tafetá branco,
a pequena deusa de jade, com um grande ramo
que passaba de uma mão à outra mais fria.
Elevei-a para a luz, era o antigo
raio da lua cristalizado, o belo bastão
com que os imperadores chineses juravam o trono,
e dividiam o bastão em duas partes e a sucessão
milenar ainda subdividia e sempre restava o jade
para jurar, para dividir em duas partes,
para o ying e para o yang.
Mas o provador, passeante dos metais e das jarras,
disse-me com sua cara rápida de coelho cor de caramelo:
encoste-a na face, sempre gelado o jade.
Senti que o jade era o interruptor,
o interposto entre o pascalino *entredeux,*
o que suspende a afluência claro-escura,
a espada para a luminosidade refulgente,

*la sílaba detenida entre el río que impulsa
y el espejo que detiene.
Da prueba de su validez por el frío,
el señuelo para el conejo húmedo.
Todas las joyas en la lámina del escudo:
en la mañana el conejo oscilando
sus bigotes sobre una mazorca de maíz.
Qué comienzos, qué oros, qué trifolias,
el conejo, la reina del jade, el frío que interrumpe.
Pero el jade es también un carbunclo entre el río y el espejo,
una prisión del agua donde despereza
el pájaro hoguera, deshaciendo el fuego en gotas.
Las gotas como peras, inmensas máscaras
a las que el fuego les dictó las escamas de su soberanía.
Las máscaras hechas realezas por las entrañas
que les enseñaron como el caracol
extraer el color de la tierra.
Y la frialdad del jade sobre las mejillas,
para proclamar su realeza, su peso verdadero,
su huella congelada entre el río y el espejo.
Probar su realidad por el frío,
la gracia de su ventana por la ausencia,
y la reina verdadera, la prueba del jade,
por la fuga de la escarcha
en un breve trineo que traza letras
sobre el nido de las mejillas.
Cerramos los ojos, la nieve vuela.*

a sílaba parada entre o rio que impulsiona
e o espelho que segura.
Comprova sua validade pelo frio,
o chamariz para o coelho úmido.
Todas as jóias na lâmina do escudo:
na manhã o coelho oscilando
seus bigodes sobre uma espiga de milho.
Que inícios, que ouros, que trifólios,
o coelho, a rainha do jade, o frio que interrompe.
Mas o jade é também um carbúnculo entre o rio e o espelho,
uma prisão de água onde se espreguiça
o pássaro fogueira, desfazendo o fogo em gotas.
As gotas como pêras, enormes máscaras
às quais o fogo ditou as escamas de sua soberania.
As máscaras feitas realezas pelas entranhas
que lhes ensinaram como o caracol
a extrair a cor da terra.
E a frieza do jade sobre as faces,
para proclamar sua realeza, seu peso verdadeiro,
sua marca congelada entre o rio e o espelho.
Provar sua realidade pelo frio,
a beleza de sua janela pela ausência,
e a rainha verdadeira, a prova do jade,
pela fuga da escarcha
num pequeno trenó que traça letras
sobre o ninho das faces.
Fechamos os olhos, a neve voa.

SEVERO SARDUY

Nascido em Camagüey, Cuba, em 1937, mora em Paris desde 1960. Autor dos romances: *Gestos* (Barcelona, Seix Barral, 1963), *De donde son los cantantes* (México, Joaquín Mortiz, 1967), *Cobra* (Buenos Aires, Sudamericana, 1972), *Maitreya* (Madrid, Seix Barral, 1978), *Colibrí* (Barcelona, Argos Vergara, 1983), publicou também vários volumes de ensaios: *Escrito sobre un cuerpo* (Buenos Aires, Sudamericana, 1969) *Barroco* (pela mesma editora, em 1974), *La simulación* (Caracas, Monte Ávila, 1982), *Big-Bang* (textos, Barcelona, Tusquets, 1974), *Un testigo fugaz y disfrazado* (Barcelona, Llibres del Mall, 1985). O Fondo de Cultura Económica de Buenos Aires reúne sua produção ensaística sob o título de *Ensayos generales sobre el barroco,* publicado em 1987. Estão também as crônicas de *El Cristo de la Rue Jacob* (Barcelona, Llibres del Mall, 1987).

*Ni la voz precedida por el eco,
ni el reflejo voraz de los desnudos
cuerpos en el azogue de los mudos
cristales, sino el trazo escueto, seco:*

*las frutas en la mesa y el paisaje
colonial. Cuando el tiempo de la siesta
nos envolvía en lo denso de su oleaje,
o en el rumor de su apagada fiesta,*

*cuando de uno en el otro se extinguía
la sed, cuando avanzaba por la huerta
la luz que el flaboyant enrojecía,*

*abríamos entonces la gran puerta
al rumor insular del mediodía
y a la puntual naturaleza muerta.*

Nem a voz precedida pelo eco,
nem o voraz reflexo dos despidos
corpos no argento-vivo desses vidros
mudos, e sim o traço enxuto, seco:

os frutos sobre a mesa e a paisagem
colonial. Quando a hora da sesta
nos enredava em sua densa maragem,
ou no rumor da sossegada festa,

e quando de um no outro se esquecia
a sede, e avançava pela horta
a luz que o flamboyant ruborescia,

abríamos então a grande porta
ao rumor insular do meio-dia
e à exata natureza-morta.

El émbolo brillante y engrasado
embiste jubiloso la ranura
y derrama su blanca quemadura
más abrasante cuanto más pausado

Un testigo fugaz y disfrazado
ensaliva y escruta la abertura
que el volumen dilata y que sutura
su propia lava. Y en el ovalado

mercurio tangencial sobre la alfombra
(la torre, embadurnada penetrando,
chorreando de su miel, saliendo, entrando)

descifra el ideograma de la sombra:
el pensamiento es ilusión: templando
viene despacio la que no se nombra.

O êmbolo polido e oleado
investe jubiloso na fissura
e derrama sua branca queimadura
a cada pausa mais esbraseado.

Testemunha fugaz e disfarçada
ensaliva e esmiuça a abertura
que o volume dilata e que sutura
sua própria lava. E na opala ovalada

em linha tangencial sobre a alcatifa
(a torre, lambuzada penetrando,
esguichando seu mel, saindo, entrando)

o ideograma da sombra se decifra:
o pensamento é só ilusão: vibrando
assoma suave a que não se cifra.

*Aunque ungiste el umbral y ensalivaste
no pudo penetrar, lamida y suave,
ni siquiera calar tan vasta nave,
por su volumen como por su lastre.*

*Burlada mi cautela y en contraste
—linimentos, pudores ni cuidados—
con exiguos anales olvidados
de golpe y sin aviso te adentraste.*

*Nunca más tolerancia ni acogida
hallará en mi tan solapada inerte
que a placeres antípodas convida*

*y en rigores simétricos se invierte:
muerte que forma parte de la vida.
Vida que forma parte de la muerte.*

Embora ungiste o umbral e ensalivaste
não pôde penetrar, lasciva e suave,
nem ao menos calar tão vasta nave,
seja pelo seu lastro ou seu engaste.

Chegando de surpresa e em contraste
— nem bálsamos, pudores ou cuidado —
com escassos anais já no passado,
sem aviso, imprevisto, penetraste.

Nunca mais tolerância ou acolhida
terá em minha tão furtiva inerte
que a prazeres antípodas convida

e em rigores simétricos se inverte:
morte que participa dessa vida.
Vida que participa dessa morte.

JOSÉ KOZER

Nascido em Havana em 1940, mora desde 1960 em Nova York. Sua vasta produção poética inclui os seguintes livros: *Y así tomaron posesión en las ciudades* (Barcelona, Ambito Literario, 1987) *Jarrón de las abreviaturas* (México, Premia, 1980), *Antología breve* (Santo Domingo, Luna Cabeza Caliente, 1981), *Bajo este cien* (México, FCE, 1983), *Nueve láminas (glorieta) y otros poemas* (México, UNAM, 1984), *La garza sin sombra* (Barcelona, Llibres del Mall, 1985), *Díptico de la Restitución* (Madrid, ed. del Tapir, 1986), *Carece de causa* (Buenos Aires, Último Reino, 1989) e, pela mesma editora, *El carrillón de los muertos* (1987).

VIUDEZ

La hermosura de Chu, prescrita cuando se sonroja.

La viuda es joven, parece inverosímil que todo permanezca en su sitio: la pecera con algas, deseosa en la reproducción, la cimitarra desenvainada, sencillamente un ornamento ajeno a aquella casa; la perspicacia con que la deslumbró una y mil veces al conversar (dóciles) sobre esponjas y augurios, la flor (rosácea) que anunciaría la manzana, redes de la desaparición.

Recogimiento: cuando abría su bata de casa, lana azul.

Mañana, o mañana de vuelta otra vez, una taza de tila (otro sorbo) para que Mei Yao Chen (todo predisposición hacia ella y fidelidad) reconozca de nuevo las ramas secas del manzano y tamborilee (hoy) sobre la mesa (chapoteo de alas) y haya (molicie) una tinta

que se escurre, pasee

su iris por la habitación, convocatoria de algun instrumento de labranza (llámalo, di que venga) y en la cocina

un utensilio. Chu: sudor

perlado, una cesta, este silencio es fraudulento.

VIUVEZ

A beleza de Chu, prescrita quando enrubesce.
A viúva é jovem, parece inverossímil que tudo continue como
 antes: a água e as algas, ansiosa pela reprodução, a
 cimitarra desembainhada, apenas um enfeite
 estranho àquela casa; a perspicácia com que deslumbrou-a
 mil e uma vezes ao conversar (tranqüilos) sobre esponjas e
 presságios, a flor (rosácea) que anunciaria a maçã,
 redes do desaparecer.

Recolhimento: quando abria sua camisola, lã azul.

Amanhã, ou de novo outra vez amanhã, uma xícara de chá de tília (mais
 um gole) para que Mei Yao Chen (todo a fim dela e fidelidade)
 reconheça outra vez os ramos secos da macieira
 e tamborile (hoje) na mesa (chapinhar de
 asas) e haja (languidez) uma tinta

que deslize, passeie

seu íris pelo aposento, convocatória de algum instrumento de
 lavor (chame-o, diga a ele que venha) e na cozinha

um utensílio. Chu: suor

perolado, um cesto, este silêncio é falso.

Imposible que Mei Yao Chen no aparezca en su sillón con las manos trenzadas sobre el vientre, la seda de una pantufla (su meditación) una albricia deshilachada.

Madame Chu (al amanecer) servilletas de lino, té verde (o té de Ceilán) y unos panecillos a base de yema (ligerísimos) mermelada de arándanos.

Y como una naturaleza muerta un huevo duro en su cáliz pequeño de porcelana (mantel ribeteado con una franja de crucecitas rojo amarillo rojo) tajada, dos limones.

Modorra, aun: anoche brotaron de su sueño unos escarabajos difusos, pasó un portavoz del Emperador delante de su ventana (cubriéndose de gloria con un monólogo) y un abanico

se deshizo.

Impossível que Mei Yao Chen não surja em seu assento com as
   mãos trançadas sobre o ventre, a seda de uma pantufa
   (sua meditação) alvíssaras desfiadas.

Madame Chu (ao amanhecer) guardanapos de linho, chá verde
   (ou chá do Ceilão) e uns pãezinhos à base de gema (levíssimos)
   geléia de vacínios.

E como uma natureza-morta um ovo duro em seu pequeno cálice
   de porcelana (toalha debruada por um barrado de
   cruzinhas rubro-amarelo-rubro) lascada, dois limões.

Modorra, ainda: ontem à noite brotaram de seu sono uns escaravelhos
   difusos, passou um porta-voz do Imperador em frente a sua
   janela (cobrindo-se de glória com um monólogo) e um
   leque

se desfez.

GEOMETRÍA DEL AGUA

La luz que se abre en el fondo del estanque,
flejes.
Tres ecos, por el envés del agua.
Agua hacia arriba, resbaladiza: tres ecos,
concéntricos.
A su ensamblaje.
Para que brote, broten los lotos del estanque:
paraje, de quietud; lianas.
En la quietud, semejantes: loto.
Eco, en sí sola: pugnan, los ecos deslizándose
(copias) entrecortadas de sí tronchos
de criatura bajo las aguas.
Entre lianas; por el envés de las aguas
(azogue): tres carpas.
Que pugnan, entre sí buscando bajo la
crisálida del agua el pequeño orificio
respiratorio de las espirales.
Hacia los aires: tamiz.
Las tres carpas (tanteo) se arremolinan en los
aires: trasiego.
Y alzan vuelo las astas (cuajadas) las riberas.
Esa es la remembranza la semilla en crepitación
del eco (alborozo) alborozo de los
miosotis hebras en rotación por
las cunetas.
Que el ave, reconoce.
Que reconocen los peces tres veces eco del
fondo en los estanques (semejanzas)
el pez tres veces.

GEOMETRIA DA ÁGUA

A luz que se abre no fundo do tanque,
                                                elos.
Três ecos, pelo avesso da água.
Água para cima, escorregadia: três ecos,
                                      concêntricos.
Em filigrana.
Para que brote, brotem os lótus do tanque:
                          paragem, de sossego; cipós.
No sossego, semelhantes: lótus.
Eco, em si só: lutam, os ecos escorrendo
                (cópias) entrecortadas de si pedaços
                      de criatura sob as águas.
Entre cipós; pelo avesso das águas
                          (azougue): três carpas.
Que lutam entre si buscando sob
          a crisálida da água o pequeno orifício
                  respiratório das espirais.
Rumo aos ares: peneira.
As três carpas (ensaio) se aprumam nos ares:
                                  transbordo.
Levantam vôo as hastes (apinhadas) as margens.
Essa é a lembrança a semente em crepitação do
                eco (alvoroço) alvoroço dos
                miosótis pistilos em rotação
                      pelas valetas.
Que a ave, reconhece.
Que reconhecem os peixes três vezes eco do
            fundo nos tanques (semelhanças)
                  o peixe três vezes.

ANATOMÍA DE BARTOLOMEO COLLEONI

Condottiere Bartolomeo Colleoni, por Venecia.

Casco

*de paramento y visera, doble cota de mallas y amplia
            escarcela forjada en los mejores yunques
                        de Europa. Florete*

y daga

*labrada de rubí y platino con el mismo monograma que
            aparece en el centro de la rodela. La aljaba
            (dicen que es una rareza suya) cuelga siempre
                        del ombro izquierdo, nadie*

sabe

*que en su fondo hay enjambres y el amaranto, prolifera.
            Nadie sabe que se ciñe una cofia bajo el casco,
                                    gregüescos*

de tul

ANATOMIA DE BARTOLOMEO COLLEONI

Condottiere Bartolomeo Colleoni, em Veneza.

Elmo

de paramento e viseira, forte cota de malhas e folgada
        escarcela forjada nas melhores fráguas
                da Europa. Florete

e adaga

lavrada em rubi e platina com o mesmo monograma que
        aparece no centro do escudo. A aljava
        (uma esquisitice sua, dizem) pende sempre
            do ombro esquerdo, ninguém

sabe

que em seu fundo há enxames e o amaranto, prolifera.
        Ninguém sabe que leva uma rede sob o elmo,
                calções

de tule

bajo la malla y jubón de damasco, camisola de felpa
    brocada bajo la coraza. Mangas, abultadas;
    dos anonas, sus pechos. Toda su gran anatomía
    bajo la armadura milanesa, un ánsar. Y debajo

del ánsar

he aquí al Condottiere Bartolomeo Colleoni, una pelusilla
    que huele a membrillo sus sobacos, bozo rubio
    en el tajo andrógino del culo y en su anverso
    la misma pelusilla ámbar que malamente recubre
    el montículo con la pertiguilla

lela

que cuelga cual anélido insensible a las fogosidades de
    Bartolomeo Colleoni: aquel dueño y señor de
    un par de curruños colgar de la
    entrepierna, pamplinas esas avellanas,
    pamplinas las dos grosellas embutidas
    en el pellejo marchito que somnoliento

cuelga.

sob a malha e o gibão de damasco, um felpudo agasalho
          brocado sob a couraça. As mangas, bufantes;
          seus peitos, frutas-de-conde. Toda sua grande anatomia
          sob a armadura milanesa, um cisne. E sob

o cisne

eis o Condottiere Bartolomeo Colleoni, seus sovacos
          penugem que recende a marmelo, fulva lanugem
          no viés andrógino do cu e em seu anverso
          a mesma penugem âmbar que mal recobre
                  o montículo com a varinha

molenga

que pende feito anelídeo insensível às fogosidades de
          Bartolomeo Colleoni: aquele dono e senhor de
          um par de bolotas no meio das pernas
          nonadas essas duas avelãs,
          nonadas essas duas groselhas embutidas
          na pelanca murcha que sonolenta

pende.

1593

> Para Harold Alvarado Tenorio, Grande
> de la Gran Colombia

Ranucio Farnesio sometió los Países Bajos.
Ira
de Dios manaza de Dios compunción de muchachitas: sus manoplas
fosforecen
en la noche a la carne se arraigan sus espuelas desriza
el bucle
de sus rameras con el estilete imperial: ellas las vaginosas las de
> *usurera vulva y restriegue del orificio soba del orificio*
montaraz, bobas
poltronas las mujerucas que ensartó por la úvula por las mamas
> *y las dos mitades*
el rémora
imberbe el chupetón imberbe el pica en riste (uxoricida) y gigantón
Ranucio Farnesio: gran
capitán de huestes camarada en el barracón de reclutas
> *(ventoseador imenso) lengua*
y olfato (olfato) y lengua
al tajo de revés (giro y giro) de la impúber de la dueña ladina
> *o de la sudorosa*
barragana. Pura
alucinación ¿verdad? Ranucio Farnesio: como los vítores de
> *población en población*
para mañana
tu estatua extinta en las plazas de Amberes los recodos de Brujas,
> *fiero*
ojo
vacuo tu alazán y encima tú siempre encima, chatarras.

1593

> Para Harold Alvarado Tenorio, Grande
> da Grã Colômbia

Ranucio Farnesio dominou os Países Baixos.
Ira
de Deus manzorra de Deus compunção de mocinhas: suas manoplas
fosforescem
na noite à carne se aferram suas esporas desenreda
o cacho
de suas rameiras com o estilete imperial: elas as vaginosas as de
                   vulva avara e fricção do orifício e atrito do rústico
orifício, bobas
vadias as mulhas que engranzou pela úvula pelas tetas e as duas
                                                  metades
o rêmora
imberbe o chupador imberbe o pica em riste (uxoricida) e gigantão
Ranucio Farnesio: grande
capitão de tropas soberbo camarada no pavilhão de recrutas
                                (imenso peidorrento) língua
e olfato (olfato) e língua
no talho ao contrário (giro e giro) da impúbere da dona ladina
                                      ou da suarenta
concubina. Pura
alucinação. Não é? Ranucio Farnesio: como os vivas de
                                          lugar em lugar
para amanhã
tua estátua extinta nas praças da Antuérpia nas quebradas de Brüges,
                                                        bárbaro
olho
vazio teu alazão e em cima tu sempre em cima, escórias.

OSVALDO LAMBORGHINI

Nasceu em Buenos Aires em 1940. Em prosa, publicou *El Fiord* (Buenos Aires, Chinatown, 1969) e *Sebregondi Retrocede* (Buenos Aires, Noé, 1973). Sua produção poética está reunida sob o título *Poemas* (Buenos Aires, Tierra Baldía, 1980). As Ediciones del Serbal, de Barcelona, reuniram em um volume —*Novelas y Cuentos*, 1988 — parte considerável de sua obra narrativa. Morreu em Barcelona em 1985.

CANTAR DE LAS GREDAS EN LOS OJOS

Porque resulta difícil sin guantes blancos
levantarse en medio de la noche
entre las oscuridades y las albas
y desnudamente romper un espejo
      Hasta el derroche cualquiera está dispuesto
a pagar rescate por su doble
incautado en ese silencio y esa noche
donde lo contado y lo sonante duermen
      ¡Pulidos versos...!

¡Ah! pero si pudiéramos librarnos
de estas paradojas en falsete
(de esta extrema y dura aun en bosque ausente)
como el nombrado rescate en secuestro equivalente
¡y librarnos sí y formalmente
de ese amaneramiento!

¿Por qué no somos sencillos
por qué no somos transparentes
por qué no somos puros y buenos
como el pueblo
como las buenas gentes?

Una imoralidad creciente ha invadido nuestra obra
así como una pringada o deleitable huella de leche
mancha nuestra alcoba
donde se supone una tabla sin ley entre la hiedra
y una enredadera
que como esa huella láctea acontece gredas
aun con las extremas precauciones
aun con las más duras.

CANTAR DAS GREDAS NOS OLHOS

Porque fica difícil sem luvas brancas
levantar-se no meio da noite
entre obscuridades e alvoradas
e nuamente quebrar um espelho
      Até o *potlatch* qualquer um está disposto
a pagar resgate por seu duplo
incauto nesse silêncio e nessa noite
onde o contado e o sonante dormem
      Polidos versos!

Ah! mas se pudéssemos nos livrar
destes paradoxos em falsete
(deste extremo e duro ainda em bosque ausente)
como o renomeado resgate em seqüestro equivalente
e nos livrar mesmo e formalmente
deste amaneiramento!

Por que não somos simples
por que não somos transparentes
por que não somos puros e bons
como o povo
como a boa gente?

Uma imoralidade crescente invadiu nossa obra
assim como pingante ou deleitável marca de leite
mancha nossa alcova
onde se imagina uma tábua sem lei entre a hera
e uma trepadeira
que como essa marca láctea acontece gredas,
mesmo com as maiores cautelas
mesmo com as mais duras.

Ya nada distinguimos con tal de distinguirnos
y desleídos en estos andares mixtos
¿no habremos perdido para siempre
al Jesús al Cristo?

Buscamos un punto con su brillo
el entrecruzado mármol
carnal seductor y reluciente
y para construirlo nada sobra
y nada tampoco es suficiente.

Si es verdad que los pavos reales
se amelonan en tapices que fingen el desierto
y que lo ficticio los enrosca en cierto punto
en que más hubieran querido haberse y muerto
también es cierto que la coyunda de rosales
—espinas solas
nada de corolas
nada de pétalos —
yugula la garganta del galanteador incierto
que en vez de desatar lo verdadero

o convertir el sumiso indio en lirio de ande
cantó con mujeriles versos
esta mueca y esta intriga que se expande.
Las verdades legadas por El Muerto.
Pero claro:

nunca es bastante verde (la verdad) para un perverso.

En Kreslöw hubo una vez un esbelto
oficial prusiano
que inducido por la fatalidad final del gentilicio
unas culpables hemorroides fue y contrajo
cuando en Europa ya brillaba
el tibio sol del pútrido armisticio.

A fim de distinguir-nos nada mais distinguimos
e diluídos nesses vagares mistos
não teremos perdido para sempre
o Jesus, o Cristo?

Procuramos um ponto com seu brilho
o entrecruzado mármore
carnal sedutor e reluzente
e para construí-lo nada resta
e tampouco nada é suficiente.

Se é mesmo verdade que os pavões
se iludem com tapetes que fingem o deserto
e que o fictício os enreda em certo ponto
em que teriam preferido haver-se e morto
também é certo que uma rédea de rosas
— apenas espinhos
nada de corolas
nada de pétalas —
degola a garganta do galanteador incerto
que em vez de libertar o verdadeiro

ou transformar o índio submisso em lírio andino
cantou com versos feminis
este gesto e esta intriga que se alastra.
As verdades legadas pelo Morto.
Mas claro:

nunca é bastante verde (a verdade) para um perverso.

Em Kreslöw houve uma vez um esbelto
oficial prussiano
que induzido pelo fado final do gentilício
umas culpáveis hemorróidas foi e pegou
quando na Europa já brilhava
o morno sol do pútrido armistício.

*También hubo un médico inglés del ochocientos
que se divertía curando los males inocentes de su pueblo
rural de campesinos inocentes
con el método de amputarle a sus pacientes
bajo cualquier excusa o pretexto ambos miembros.*

*Lo ahorcaron limpiamente
pero igual tuvo su tiempo
de esculpir una leyenda en los muros de la celda:*
En mi aldea
por más que busquen en los rincones o en el dorso
puramente quedan
además de mi traducción de Medea
puras cabezas solamente y puros torsos.

*Y hubo una señora detestable
criada en la ciudad de Buenos Aires
que contrajo el singular padecimiento
de creer que todos eran sabios alemanes (tales su padre)
y que a su propio bebito arrojó a un foso
por no responderle ni siquiera con un movimiento de los ojos
a una feliz y frase dicha
en el idioma de Goethe.*

*Le damos y le dimos mil vueltas a esta noria
porque formal y justamente
con nada tiene que ver la Historia.*

*Pero si es verdad que los idiotas
en sus babas reciben como un premio el rayado caramelo
y creen que eso así como se lame
y se ve y se come así también se toca
también puede pensarse en su lugar y por su puesto
tal como lo fijan estas mientes
en un verso ardiente del doble
posado en los dobles labios y ardientes
de un cristal de acento circunflejo*

Houve também um médico inglês do oitocentos
que se divertia curando os males inocentes de sua aldeia
rural de camponeses inocentes
com o método de amputar aos pacientes
sob qualquer texto ou pretexto, os dois membros.

Foi limpamente enforcado
mas ainda teve tempo
de esculpir uma legenda nas paredes da cela:
Em minha aldeia
por mais que procurem nos cantos ou no dorso
puramente restam
além de minha tradução de Medéia
apenas puras cabeças e puros torsos.

E houve uma senhora detestável
criada na cidade de Buenos Aires
que contraiu o singular padecimento
de pensar que todos eram sábios alemães (como seu pai)
e que atirou seu próprio bebê num fosso
por não lhe responder nem com um movimento dos olhos
a uma feliz e frase dita
no idioma de Goethe.

Damos e demos mil voltas nesta nória
porque formal e justamente
com nada tem que ver a História.

Mas se é verdade que os idiotas
em suas babas recebem como prêmio o estriado pirulito
e acham que isso assim como se lambe
e se vê e se come assim também se toca
também pode pensar-se em seu lugar e por sua vez
tal como o fixam estas mentes
num verso ardente do duplo
pousado nos duplos lábios e ardentes
de um cristal de acento circunflexo.

Con un entender el movimiento de los ojos
con un paso de lluvia y huella en el borde del foso
levantarse en oscilada vacilante noche
romper con guantes blancos un espejo

Contiene esta caja de madera tras su broche
los rubios cigarrillos del Esposo.
Contiene el porvenir en forma de estoque
contiene un estambre de plegaria
de ruego
de mírame
no me toques.

Apetito y horror y raciones diarias
en una perpetua y trivial guerra de fronteras
si de perfil o de frente eras
porque si aquí vienen a plegar las almas nobles
también yo podría hincarme en mis clavijas
si entendiera la exacta diferencia
la sutil pero siempre fija
que media entre una montura de carnero
degollado en la guitarra misma que ensordecía sus balidos
y la pasta o ungüento carnal del Sol
asomado entre dos riscos.

Pero no.

Con la mano crispada en la pecera
y sin hacer caso
ni siquiera omiso
al trébol justo de los pasos
ni a los iris mudos y destellos coloridos
que a través del cristal me emiten estas bestias
ni paro la mano ni me alegro:

en medio de la noche me levanto
en la escarchada noche de los guantes negros.

Com um entender o movimento dos olhos
com um passo de chuva e pegada à beira do fosso
levantar-se em oscilada vacilante noite
quebrar com luvas brancas um espelho

Esta caixa de madeira guarda atrás do fecho
os cigarros suaves do Marido.
Guarda o futuro em forma de estoque
guarda o estame de uma prece
de rogo
de me olhe
não me toques.

Apetite e horror e rações diárias
numa eterna e trivial guerra de fronteiras
se de perfil ou de frente eras
porque se aqui vêm dobrar as almas nobres
eu também poderia fincar o pé
se entendesse a exata diferença
a sutil mas sempre fixa
que existe entre uma sela de carneiro
degolado na própria viola que ensurdecia seus balidos
e a massa ou bálsamo carnal do Sol
assomado entre duas escarpas.

Mas não.

Com a mão crispada no aquário
e sem fazer caso
nem mesmo omisso
ao trevo justo desses passos
nem aos íris mudos e fulgores coloridos
que através do vidro me emitem estas feras
nem paro a mão nem me alegro:

no meio da noite me levanto
na escarchada noite das luvas negras.

*Ninguno puede no obstante ninguno empero
reirse a sus ancas de los peces de colores.
Es necesario olvidar premuras y retrasar amores.
Es necesario posar el cigarrillo en el cenicero
e introducir la mano en la pecera.
      Serio
alimentar en diminuto el cristal vacío
pensando que no soy yo el que me río
ni el que secuestró a esta actual animalada cristalera
de un supuesto lecho natural Naturaleza.
Ése al menos es el criterio.*

*El tibio órgano que está es el único que reza
y si por supuesto y claro
mojada resulta la pupila del gemelo
bien que ella se abanica en sus burdeles y al amparo
de creer una sola letra del camelo.
Iris irisente iris de arco
de un solo violín al pelo:
al introducir* ella *la mano en la pecera
juguetea con ardor
abre un campo del saber y un magisterio:
desabrocha este botón y demuestra
la existencia de un solo color de goce en la palestra
pero que todo el mundo limita al improperio.*

*Erguido y fálico en la satisfactoria crisis de esta mueca
hablábamos precisamente de este lado.
Hablábamos de un rosedal mojado
y de la distancia láctea de la rueca.
Entibiábamos con las palmas una espera
tejida con el hilo de cristal
y empuñada en la humedad de la pecera.
Esa cosa o ese animal
que siempre se oculta en la contera.*

Ninguém pode contudo ninguém porém
rir desbundado desses peixes e suas cores.
É preciso esquecer apuros e demorar amores.
É preciso pousar o cigarro no cinzeiro
e introduzir a mão no aquário.
    Sério
alimentar só um pouquinho o vidro vazio
pensando que não sou eu que rio
nem quem seqüestrou essa atual animalesca cristaleira
de um suposto leito natural Natureza.
Pelo menos esse é o critério.

Esse órgão morno é o único que reza
e se de certo é claro
que a pupila do duplo úmida fica
ela bem que se abana em seus bordéis e ao amparo
de acreditar numa só letra do engambelo.
Íris irisente íris de arco
de um só violino maneiro:
ao introduzir *ela* a mão no aquário
diverte-se com ardor
abre um campo do saber e um magistério:
desabrocha o botão duplo e mostra
que há uma só cor de gozo no plenário
mas que todo mundo limita ao impropério.

Erguido e fálico na satisfatória crise deste esgar
falávamos justamente deste lado.
Falávamos de um rosedal molhado
e da distância da roca, alvar.
Embalávamos com as palmas uma espera
tecida com o fio de cristal
e empunhada na umidade do aquário.
Essa coisa ou esse animal
que sempre se oculta na conteira.

NÉSTOR PERLONGHER

Nasceu em Avellaneda, um subúrbio de Buenos Aires, em 1949. Publicou os livros de poemas *Austria-Hungría* (Buenos Aires, Tierra Baldía, 1980), *Alambres* (Buenos Aires, Último Reino, 1987), *Hule* (pela mesma editora, em 1989) e *Parque Lezama* (Buenos Aires, Sudamericana, 1990). Mora atualmente em São Paulo, Brasil, onde foi editado seu ensaio *O negócio do michê* (Brasiliense, 1987).

LAS TÍAS

y esa mitología de tías solteronas que intercambian los peines grasientos del sobrino: en la guerra: en la frontera: tías que peinan: tías que sin objeto ni destino: babas como lamé: laxas: se oxidan: y así "flotan": flotan así, como esos peines que las tías de los muchachos en la guerra limpian: desengrasan, depilan: sin objeto: en los escapularios ese pubis enrollado de un niño que murió en la frontera, con el quepis torcido; y en las fotos las muecas de los niños en el pozo de la frontera entre las balas de la guerra y la mustia mirada de las tías: en los peines: engrasados y tiesos: así las babas que las tías desovan sobre el peine del muchacho que parte hacia la guerra y retoca su jopo: y ellas piensan: que ese peine engrasado por los pelos del pubis de ese muchacho muerto por las balas de un amor fronterizo guarda incluso los pelos de las manos del muchacho que muerto en la frontera de esa guerra amorosa se tocaba: ese jopo; y que los pelos, sucios, de ese muchacho, como un pubis caracoleante en los escapularios, recogidos del baño por la rauda partera, cogidos del bidet, en el momento en que ellos, solitarios, que recuerdan sus tías que murieron en los campos cruzados de la guerra, se retocan: los jopos: y las tías que mueren con el peine del muchacho que fue muerto en las garras del vicio fronterizo entre los dientes: muerden: degustan desdentadas la gomina de los pelos del peine de los chicos que parten a la muerte en la frontera, el vello despeinado.

AS TIAS

e essa mitologia de tias solteironas que trocam as gorduras dos pentes do sobrinho: na guerra: na fronteira: tias que penteiam: tias que sem objeto nem destino: babas como lamê: lassas: se oxidam: e assim "flutuam": flutuam assim, como esses pentes que na guerra as tias desses garotos limpam: desensebam, depilam: sem objeto: nos escapulários esse púbis enrolado de um menino que morreu na fronteira, com o quepe torcido; e nas fotos os rictos dos meninos no poço da fronteira entre as balas bélicas e o olhar melancólico das tias: nos pentes: engordurados, rijos: como as babas que as tias desovam sobre o pente do garoto que vai para a guerra e retoca o topete: e elas pensam: que o pente engordurado pelos pêlos do púbis desse garoto morto pelas balas de um amor fronteiriço guarda também os pêlos das mãos do garoto que morto na fronteira dessa guerra amorosa se toucava: o topete; e que os pêlos, sujos, desse garoto, como um caracol de púbis nos escapulários, no banheiro apanhados pela veloz parteira, pegos no bidê, na hora em que eles, solitários, que recordam suas tias que morreram nos campos cruzados da guerra, retocam: os topetes: e as tias que morrem com o pente do garoto que foi morto nas garras do vício fronteiriço entre os dentes: mordem: desdentadas o gel degustam dos cabelos do pente dos rapazes que partem para a morte na fronteira, pentelhos despenteados.

Mme. S.

*Ataviada de pencas de gladíolos: cómo fustigas, madre, esas escenas
de oseznos acaramelados, esas mieles amargas: cómo blandes
el plumero de espuma: y las arañas: cómo
espantas con tu ácido bretel el fijo bruto: fija, remacha y muele:
muletillas de madre parapléxica: pelvis acochambrado, bombachones
de esmirna: es esa madre la que en el espejo se insinúa ofreciendo
las galas de una noche de esmirna y bacarat: fija y demarca: muda
la madre que se ofrece mudándose en amante al plumero,*
*despiole y
despilfarro: ese desplume
de la madre que corre las gasas de los vasos de wisky en la mesa
ratona; madre y corre: cercena y garabato: y gorgotea:*
*pende del
cuello de la madre una ajorca de sangre, sangre púbica, de plomos
y pillastres: sangre pesada por esas facturas y esas cremas que
comimos de más en la mesita de luz en la penumbra de nuestras
muelles bodas: ese borlazgo: si tomabas mis bolas como frutas de un
elixir enhiesto y denodado: pendorchos de un glacé que te endulzaba:
pero era demasiado matarte, dulcemente: haciéndome comer de esos
pelillos tiesos que tiernos se agazapan en el enroque altivo de mis
muslos, y que se encaracolan cuando lames con tu boca de madre las
cavernas del orto, del ocaso: las cuevas;*
y yo, te penetraba?

Mme. S.

Adornada de galhos de gladíolos: como fustigas, mãe, esses cenários
de ursinhos caramelados, esses méis amargos: como empunhas
o penacho de espuma: e as aranhas: como
espantas com teu ácido travo o fixo bruto: fixa, machuca e pisa:
bordões de mãe paraplégica: enferrujada a pélvis, as bombachas de
esmirna: é essa a mãe que no espelho se insinua brindando
os brilhos duma noite de esmirna e bacará: fixa e linda: muda
a mãe que se brinda mudando-se em amante aos pavoneios, plumas
      e paetês: esse desplumar
da mãe que corre as gazes dos copos de whisky na
mesinha de centro: mãe e corre: cerceia e gatimanha: e gorgoleja:
                                    cai do pescoço
da mãe uma argola de sangue, sangue púbico, de chumbos
e pilantras: sangue pesado por esses sonhos e esses cremes que
comemos demais na mesinha de luz na penumbra de nossas
brandas bodas: esse borlaço: se pegavas minhas bolas como frutos
de um elixir intrépido e ereto: penduricalhos de um glacê que te adoçava:
mas era demais matar-te, docemente: me fazendo comer desses
pentelhos tesos que ternos se escondem no soberbo roque de minhas
coxas, e que se encaracolam quando lambes com tua boca de mãe as
cavernas do orto, do ocaso: as covas;
                            e eu, te penetrava?

pude acaso pararme como un macho ebrio de goznes, de tequilas
        mustio,
informe, almibararme, penetrar tus blonduras de madre que se
                                          ofrece,
como un altar, al hijo —menor y amanerado? adoptar tus
                                   alambres de
abanico, tus joyas que al descuido dejabas tintinear sobre la mesa,
entre los vasos de ginebra, indecorosamente pringados de ese rouge
arcaico de tus labias?
                cual lobezno lascivo, pude, alzarme,
tras tus enaguas, y lamer tus senos, como tú me lamías los pezones
y dejabas babeante en las tetillas —que parecían titilar —
el ronroneo   .
         de tu saliva rumorosa? el bretel de tus dientes?
pude madre?
               como un galán en ruinas que sorprende a su novia entre
las toscas braguetas de los estibadores, en los muelles, cuando
laxa desova, en los botones, la perfídia a él guardada? ese lugar
secreto y púbico? cómo entonces tomé esa agarradera, esos tapires
incrustados con mangos de magnolia, aterciopeladamentes
                                      sospechosos;
y sosteniendo con mi mismo miembro la espuma escancorosa de tu
        sexo.
descargar en tu testa? Sonreías borlada entre las gotas de semen de
los estibadores que en el muelle te tomaban de atrás y muellemente:
te agarré: qué creías?

será que pude portar-me como um macho tonto de gonzos, de cachaças
           murcho,
torto, cristalizar-me, penetrar tuas blonduras de mãe que se brinda,
como um altar, ao filho — menor e amaneirado? adotar os alambres
                                                                  de teus
leques, tuas jóias que desleixada deixavas tilintar sobre a mesa,
entre os copos de genebra, indecorosamente borrados desse rouge
arcaico de tuas lábias?
                      qual lobinho lascivo, pude, erguer-me,
atrás de tuas anáguas, e lamber teus seios, como lambias meus
                                                                  mamilos
e deixavas babando nas tetinhas — que pareciam titilar —
o ronronar
            de tua saliva rumorosa? o travo de teus dentes?
pude, mãe?
            como um galã em ruínas que flagra a namorada entre
as ásperas braguilhas dos estivadores, no pier, quando
devassa desova, nos zíperes, a perfídia a ele guardada? esse lugar
secreto e púbico? como pude assaltar essas alças, essas antas
incrustadas com cabos de caoba, veludosamente suspeitos;
e amparando com meu próprio pau a espuma escancorosa de teu
      sexo,
desforrar em tua testa? Sorrias borlada entre as gotas de sêmen
dos estivadores que no molhe te tomavam por trás molemolentes:
te agarrei: o que achavas?

EL PALACIO DEL CINE

*Hay algo de nupcial en ese olor
o racimo de bolas calcinadas
por una luz que se drapea
entre las dunas de las mejillas
el lechoso cairel de las ojeras
que festonean los volados
rumbo al olor del baño, al paraíso
del olor, que pringa
las pantallas donde las cintas
indiferentes rielan
guerras marinas y nupciales.*

*Los escozores de la franela
sobre el zapato de pájaro pinto
dan paso al anelar o pegan toques
de luna creciente o de frialdad
en el torcido respaldar
que disimula el brinco
tras un aro de fumo
y baban carreteles de goma
que dejan resbaloso el rayo
del mirador entretenido en otra cosa.*

O PALÁCIO DO CINEMA

Há algo de nupcial nesse cheiro
ou racimo de bolas calcinadas
por uma luz que ondula
pelas dunas das faces
a branca fímbria das figuras
que festoam os drapês
rumo ao cheiro do banheiro, paraíso
do cheiro, que lambuza
as telas onde filmes
indiferentes lucilam
guerras marinhas e nupciais.

O roçar da flanela
sobre o sapato de pele de pinto
abre alas ao anelar ou pincela
de lua crescente ou de frieza
o encosto curvo
que dissimula o pulo
sob um aro de fumaça
e babam rolos de goma
que fazem deslizar o raio
do mirador que se admira com outra coisa.

*Aleve como la campanilla del lucero
el iluminador los despabila
y reparte polveras de esmirna
en el salitre de las botamangas
y en el rouge de las gasas
que destrenzan las bocas
esparciendo un cloqueo diminuto
de pez espada atrapado en la pecera
o de manatí vuelto sirena
para reconocerlos.*

*Pero apenas los prende de plata
se aja el rayon y los sonámbulos
encadenan a verjas de fierro
para recuperar la sombra o el remanso
del cuerpo derramado como yedra
las palanganas de esmerillo, el caucho
que flota en la redoma
donde se peinan, tallarinesco o anguiloso, el pubis
con un cedazo de humedad.*

*Y el sexo de las perras
arroja tarascones lascivos
a las tibias de los que acezan
hurtarse del lamé que lame el brin
de marinero que fumando
ve mirar la pantalla
donde los ojos pasan otra cinta
y entretenido en otro lado
mezcla las patas a la ojera
carnosa, que acurrucada en el follaje
folla o despoja al pájaro de nombres*

en una noche americana.

Traiçoeiro como o sininho do luzeiro
o lanterninha os flagra
e espalha pós-de-arroz de esmirna
no salitre das calças
e no rouge das gazes
que as bocas destrançam
com um pequeno cacarejo
de peixe-espada preso no aquário
ou de manati feito sereia
para reconhecê-los.

Mas mal de prata os ilumina
a seda se esgarça e os sonâmbulos
acorrentam a aros de ferro
para recobrar a sombra ou o repouso
do corpo derramado como hera
as bateias de esmerilo, o caucho
que flutua na redoma
onde penteiam, talharinesco ou serpentino, o púbis
com um crivo de umidade.

E as vulvas das cadelas
lançam dentadas lascivas
às canelas dos que anseiam
fugir do lamê que lambe o brim
do marinheiro que fumando
vê mirar a tela
onde os olhos passam outra fita,
enquanto ele, refestelado,
mistura as patas à olheira
carnuda, que encolhida no folhedo
folha ou deflora o pássaro de nomes

numa noite americana.

CAZA

Piernas anticipando el movimiento eréctil de los músculos, el estremecimiento de los muslos en la vidriera de opalina el ojo si espejado lamiese el tornasol, sí nacarado, sí luminescente, mas (estreñidamente) opaco. Destiñen el fulgor glacial o decolóranlo, pozos de semiluz, como repliegues, si ocultando los vellos al rocío, hiciesen traspasar la turbia mata de un refucilo de torpor, arisco, cínico cuatro en piernas de curtido calambre (y peligroso) degringolar, saltar, garra de mato, en la zarpada, zapa de las piruetas alambicadas de las mechas orondas al relento, la frágil estructura del alambre que mantuviese erguido el jopo, ondea u orondea como oruga el oro lacio de los planos vacíos que palmea, palpando, en el arrastre de las opalinas por los corredores de ceniza y vello que corroe un voile descolorido. Al correrlo, los gases, disipados a fuer de brumas, insistentes, no es que se diluyesen, sino agravasen su rigor ribetes de mampostería enmarmolada en jade, arrebolando el duro estoque carmesí los interiores de lamé, que afuera, en esa consistencia del peinado al raerse por el jade de un rápido carmín, posase los manubrios del cilicio sobre las llagas llanas de una cicatriz superficial, las huellas de la espera esterillada en vertical, el vértigo de la pirueta exagerada en la orillita del cordón. Veredas, veredas trabajadas por la inconsecuencia de un pez palo, escueto, casi rígido en la espadez que explande, que despide, para encantar, ojos babosos, lamos canclos, limos de azufre jabonoso en la argentina transparencia.

CAÇA

Pernas se adiantando ao andamento erétil dos músculos, a vibração das virilhas na vidraça de opalina o olho se espelhado lambesse o tornassol, sim nacarado, sim luminescente, mas (adstringentemente) opaco. Destingem o fulgor glacial ou descolorem-no, poços de meia-luz, como plissês, se ocultando as penugens ao sereno, fizessem transpassar a olumbrada floresta de um relampejo de torpor, esquivo, cínico quatro em pernas de curtido tremor (e perigoso) degringolar, saltar, garra de mata, na surtida, sapa das cabriolas alambicadas das franjas espaventadas ao relento, a frágil estrutura do arame que mantivesse alto o topete, coleia ou reboleia qual lagarta o ouro lasso dos planos vazios que palmeia, apalpando, no deslizar das opalinas pelos corredores de cinza e velo que corrói um voile descolorido. Ao corrê-lo, os gases, desvanecidos como névoas, insistentes, não que se diluíssem, mas sim agravassem seu rigor orlas de alvenaria marmoreada em jade, arrebolando o duro estoque carmesim os interiores do lamê, que fora, nessa consistência do penteado ao raspar-se pelo jade de um rápido carmim, pousasse as farpas do cilício sobre as chagas planas de uma cicatriz superficial, as marcas da espera esterilhada em vertical, a vertigem da pirueta exagerada na beirinha do meio-fio. Veredas, veredas lavradas pela inconseqüência de um peixe-pau, estrito, quase teso na espadez que explande, que despede, para encantar, olhos melosos, lambos canclos, limos de enxofre saponáceo na argentina transparência.

ROBERTO ECHAVARREN

Nasceu em Montevidéu em 1944. Mora atualmente em Nova York. Publicou os livros de poemas *La planície mojada* (Caracas, Monte Ávila, 1981), *Animalaccio* (Barcelona, Llibres del Mall, 1985), *Aura amara* (México, Cuadernos de la Orquesta, 1988) e *Poemas Largos* (antologia 1980/1990, Montevideo, Arca, 1990).. É autor também de três volumes de crítica literária: *El espacio de la verdad* (Buenos Aires, Sudamericana, 1981), *Manuel Puig: Montaje y alteridad del Sujeto* (Santiago, Maitén, 1986) e *Margen de Ficción: Poéticas de la narrativa hispanoamericana* (México, Mortiz, 1991). Organizou, ainda, a seleção de poesia rioplatense *Transplatinos* (México, Tucán de Virginia, 1990).

ANIMALACCIO

*Lo arrojaron medio muerto. Alrededor las gradas
con uno y otro, más el contrincante de la pista,
¿pero entonces? ella vino desde el bar
¿o fue en la esquina pegada a una vidriera bajo la lluvia?
Bajaste el vidrio y se aclaró el vaho de la exigua voiturette.
Un cigarrillo rescató su perfil en la tormenta.
Hablaste mirando el retrovisor: ¿matachín?
curva del naso, ojos aguardiente de choclo,
puré de manzana, el cisne de Leda,
mierda clorofila, góndola respingar del pico
caño de barro en el tejado con lluvia,
dos palomas empapadas, vaso roto donde repica.
El auto, el autor, el antro
no era más que la salida,
revés de guante preso entre dunas
cuando soplaba aire fuerte:
el rey y la reina, perseguidos por Juno y Venus,
entraron a la gruta; un haz de linterna maniobraba
entre piedras y sarro.*

*¿Antino? El emperador, después, se dedicó a las estatuas,
lo dedicó como estatua invasora de este lado del mundo.
Dentezuelos blanquearon el campo de Parténope a Menfis,
columnas cagadas por las golondrinas roban al mar New York*
                                                                                 pallor.

ANIMALACCIO

Lançaram-no ao chão meio morto. Ao redor os palanques
com um e outro, mais o adversário da pista,
mas então ela veio do bar?
ou foi na esquina colada a uma vidraça sob a chuva?
Baixaste o vidro e desembaçou-se a exígua voiturette.
Um cigarro resgatou seu perfil na tempestade.
Disseste olhando o retrovisor: provocante?
curva do nariz, olhos aguardente de milho,
purê de maçã, o cisne de Leda,
merda clorofila, gôndola respingar do bico
calha de barro no telhado com chuva,
duas pombas empapadas, copo quebrado onde ecoa.
O auto, o autor, o antro
não passava da saída,
avesso de luva presa entre dunas
quando ventava forte:
o rei e a rainha, perseguidos por Juno e Vênus,
adentraram a gruta; um facho de lanterna manobrava
entre pedras e sarro.

Antinoo? Depois o imperador consagrou-se às estátuas,
consagrou-o como estátua invasora deste lado do mundo.
Dentinhos branquearam o campo de Partênope a Mênfis,
colunas cagadas por andorinhas roubam ao mar New York
pallor.

¿Te contaba? Sordo de un oído,
torcía el otro para que le dijeras, rápido
sobre un ala de pelo duro de glostora o laca opaca
(los pájaros del look *amenazaban volar a cada lambiscón de*
pregunta,
mientras, puntual, recorriste una melena de mujer:
¿una pérdida de tiempo?).
Terminamos en casa del vecino, un levantador de pesas
teñido de rubio.
Quedó en malla de baño.
Te pusiste en manos de alguien que te puede matar:
"Estamos sitiados". El verbo sacude
servidumbre al pie de la letra.

Esta vida, ¿cómo imaginar la otra
o dejar de tenerla en cuenta? nos hace tripulantes,
expuestos al deterioro, hechos reales por el castigo;
cada borde se rasga pero el curtido acumula tiempo.
Genetrix desmiente su rol de protectora.
La vida empieza en otra cosa: garbo, duelo, bolas de pool
al borde de un peligro asumido:
sección de una mano, gesto de los dedos.
¿En qué estilo? Cazaron en la sierra,
comieron en sillas de lona.
Se olvida el viaje pero se sigue viajando.
Con cada bola se amortiza una pregunta.
Los muertos vuelven para dar un criterio,
no prescripciones ni mandatos.

"¿Por qué seremos tan hermosas?"
El verano fosfórico triunfó en el parking.
Labios femeinizados por amor de madre
desprecian a un amo deshijado
que protege a la mujer que no lo ama,
otro más joven. ¿Su papá no fue un papito?,
¿recuerda haber sido darling?

Te contava? Surdo de um ouvido,
torcia o outro para que lhe dissesses, rápido
sobre uma asa de cabelo duro de gel ou laca opaca
(os pássaros do *look* ameaçavam voar a cada mordisco de
                                           pergunta,
e enquanto isso, exato, percorreste uns cabelos de mulher:
uma perda de tempo?).
Acabamos na casa do vizinho, um levantador de pesos
tingido de loiro.
Ficou em roupa de banho.
Estás nas mãos de alguém que pode te matar:
"Estamos sitiados". O verbo sacode
servidão ao pé da letra.

Esta vida, como imaginar a outra
ou desconsiderá-la? nos torna tripulantes,
expostos à ruína, tornados reais pelo castigo;
cada margem se rasga mas o curtido acumula tempo.
Genetrix desmente seu papel de protetora.
A vida começa em outra coisa: garbo, duelo, bolas de bilhar
à beira de um perigo assumido:
corte de uma mão, um gesto dos dedos.
Em que estilo? Caçaram na serra,
comeram em cadeiras de lona.
Esquece-se a viagem mas segue-se viajando.
Com cada bola se amortiza uma pergunta.
Os mortos voltam para dar um critério,
não prescrições nem ordens.

"Por que seremos tão bonitas?"
O verão fosfórico triunfou no estacionamento.
Lábios feminizados por amor de mãe
desprezam um amo desfilhado
que protege a mulher que não o ama,
outro mais jovem. Seu papai não foi um paizinho?,
lembra de ter sido darling?

El corsage de seda contrarresta los músculos, sofoca,
no puede correr o jugar al polo,
prisionero del amor, que le da un sexo.
Les llamaban faldas de maneadas, no podían subir a los tranvías.
¿Los encajes de la mina y el chongo?
un rapapolvo de sorna insultante,
rabia criminal, avienta un cocktail
por el apartamento de Solaris, luz de dos,
nublada retícula, aguaviva plástica,
sucia, del lente de contacto.
O un insulto corto al tirar el toallín.
Te llevaste una camisa de poplín blanco, "loca", grande,
que perteneció a mi padre, comprada en una liquidación de Caubarrère,
dejaste la tuya sudada después de la campaña electoral.
¿Mirar de costado el sentimiento? ¿En qué historia?
Si pensar qué pensarán los demás paraliza
la humillación llega por el costado menos prevenido.
Un filo de peligro mantiene nuestra atmósfera.

Los habitáculos, con pocos o muchos muebles,
son instantáneas, pero, interrumpidas,
no dicen lo que todavía no dijimos.
Tus narinas de porcelana se dilataron como ollares
por haber sido usado muchas veces.
Una flecha certera aterrizó en tus brazos.
Semioculta entre las plantas,
una mujer vivió aquí en otra época.
Le hiciste un reclame que no termina de quemarse.

Un paisito, un comicentro, un intersticio real
para oponerse conversando sin alcanzar el poder,
¿el poder? El municipio fue una oportunidad ¿perdida?
Queda una opción real, apenas pensada,
una sombra sin sacar la boina.
Pero todos elegimos.

O corpete de seda comprime os músculos, sufoca,
não pode correr nem jogar pólo,
prisioneiro do amor, que lhe dá um sexo.
Eram chamadas de *saias-justas*, não podiam subir nos bondes.
As rendas da mina e o bofe?
um resmungo de sorna insultante,
raiva criminal, atira um cocktail
pelo aposento de Solaris, luz de dois,
nublada retícula, água-viva plástica,
suja, da lente de contato.
Ou um insulto breve ao puxar a toalha.
Pegaste uma camisa de popelina branca, "louca", grande,
que pertenceu a meu pai, comprada numa liquidação de Caubarrère,
deixaste a tua suada após a campanha eleitoral.
Olhar de viés o sentimento? Em que história?
Se pensar o que os outros pensarão paralisa
a humilhação chega pelo flanco menos avisado.
Um fio de perigo sustenta nossa atmosfera.

Os habitáculos, com poucos ou muitos móveis,
são fotos instantâneas, mas interrompidas,
não dizem o que ainda não dissemos.
Tuas narinas de porcelana se dilataram como ventas
por ter sido usado muitas vezes.
Uma seta certeira aterrissou em teus braços.
Semi-oculta entre as plantas
uma mulher viveu aqui em outra época.
Tu lhe fizeste um anúncio que não pára de arder.

Um paisinho, um comicentro, un interstício real
para se opor conversando sem chegar ao poder,
o poder? O município foi uma oportunidade, perdida?
Resta uma opção real, apenas pensada,
uma sombra sem tirar a boina.
Mas todos elegemos.

Se extrae un show-piece, *un primer voto:*
¿un hotel, mi casa, la casa de un amigo?
Con cada uno vale la pena ensayar,
salen conjunciones diferentes,
en casa de un amigo resultará peidosa,
en casa, hambrienta,
en el hotel me pide una camisa
pero se abandona inversamente tarifable.

El cuartito al fondo, cerca de la higuera,
la cama doble, fue la batería de la muchacha de servicio.
Bailaba con un brazo cogido a la tabla de planchar,
el otro levantado. Tumba de Gala Placidia,
fresca a la hora de la siesta.

El chico se agarró a los cuernos de carnero;
volador, lo llevó lejos de Rodas.
Lo sacrificó en una zona de sol.
Con el pelo sobre la nariz miraba para arriba
y se friccionaba.
Busqué binoculares en la caja de hierro verde
donde mi padre guardaba documentos
pero cuando volví ya se había ido;
me necesitó en el apostadero.
Siempre hay una abyección posible:
o denunciar al menor a la Jefatura de Policía,
o que la pareja nos robe
la chance de ser escuchados,
caer en el lugar donde el poder de otro nos destina.
Desligarnos suspende la trayectoria a cierta altura
aunque signos de irrespeto ya cunden.
Antes de entrar no sabía la sordera,
la curva muscular, el pasado médico,
ni qué ruta sugerida por mi efecto sobre él
seguiría al sofrenarme.

Pega-se um exemplo, um primeiro voto:
um hotel, minha casa, a casa de um amigo?
Com cada um vale a pena ensaiar,
saem conjunções diferentes,
na casa de um amigo resultará *peidosa,*
em casa, faminta,
no hotel me pede uma camisa
mas se abandona inversamente tarifável.

O quartinho dos fundos, perto de uma figueira,
a cama dupla, foi a bateria da jovem empregada.
Dançava com um braço rodeado à tábua de passar roupa,
o outro levantado. Tumba de Gala Placídia,
fresca na hora da sesta.

O menino agarrou-se aos cornos do carneiro;
voador, levou-o longe de Rodes.
Sacrificou-o numa zona de sol.
Com os cabelos sobre o nariz olhava para o alto
e se friccionava.
Procurei binóculos na caixa de ferro verde
onde meu pai guardava documentos
mas quando voltei ele tinha partido;
precisou de mim em seu observatório.
Sempre há uma aviltação possível:
ou denunciar o menor à Delegacia de Polícia,
ou que o casal nos roube
a chance de ser ouvidos,
cair no lugar que o poder de outro nos destina.
Desligar-nos suspende a trajetória a certa altura
embora já proliferem sinais de desrespeito.
Antes de entrar não conhecia a surdez,
a curva muscular, o passado médico,
nem que senda sugerida por meu efeito sobre ele
seguiria ao me refrear.

Primero fue Baco terso como una geisha;
el pelo denso y azul, nido de azor, pájaro de Zeuxis,
fortaleza flotante, no de algas, de viñas enlazada;
un racimo prensado ofrecía en vaso chato,
con lacustre estremecimiento, el pulso
de colibrí extático; el párpado espeso
era pan y sangre de cielo submarino.
Casi sordo el muñeco, ¿aligeraba un gesto de desdén?
¿Estaba vivo? Vivía sin muerte
al desquiciarnos mientras aceptamos su mandato.

Después entró la lagartija.
El brazo se contrajo súbito
bajo el golpe de un arco voltaico.
La impúdica toga descubre un hombro liso, crispado;
el entrecejo, ventanuco de Borromini, se comba
con más alarma que furia. Se desmoronó
el nido aunque conserva allí una flor.
Furor construendi *constriñe hasta el dolor*
al niño ultimado por sorpresa.
Al morder la estampa, el lagarto se muerde la cola.
Las hojas ocultaban una cabellera de serpientes,
Animalaccio, *vendido por el padre de Leonardo*
al duque de Milán.

Faltabas tú, faltaba yo.
Hubo que pellizcar. Diste con ganas.
El decapitado torció una mueca elíptica, extrema.
Una gorgona en el escudo ¿para atacar a quién,
para defender a quién?
Perseo decapitó a Medusa,
Dalila cortó el pelo de Sansón,
Judit segó la cabeza de Holofernes
(una vieja de perfil, ojos desorbitados, esperaba
la caída del regalo en el regazo).
David decapitó a Goliat: lo exhibió al pueblo en guerra.

Primeiro foi Baco terso como uma geisha;
o cabelo denso e azul, ninho de aço, pássaro de Zêuxis,
fortaleza flutuante, não de algas, de vinhas enlaçada;
um racimo prensado oferecia no cálice,
com lacustre estremecimento, o pulso
de colibri extático; a pálpebra espessa
era pão e sangue de céu submarino.
Quase surdo o boneco, esboçaria um gesto de desdém?
Estava vivo? Vivia sem morte
ao endoidecer-nos enquanto acatamos suas ordens.

Depois entrou a lagartixa.
O braço contraiu-se de súbito
sob o choque de um arco voltaico.
A impudica toga descobre um ombro liso, crispado;
o cenho, qual janela de Borromini, empena
com mais alarme que fúria. Desmoronou-se
o ninho embora conserve ali uma flor.
Furor construendi constrange até a dor
o menino pego de sorpresa.
Ao morder a estampa, o lagarto morde o próprio rabo.
As folhas ocultavam uma cabeleira de serpentes,
Animalaccio, vendido pelo pai de Leonardo
ao duque de Milão.

Faltavas tu, faltava eu.
Foi preciso beliscar. Fizeste isso com brio.
O decapitado retorceu-se num esgar elíptico, extremo.
Uma górgona no escudo, para atacar quem,
para defender quem?.
Perseu decapitou Medusa,
Dalila cortou os cabelos de Sansão,
Judite ceifou a cabeça de Holofernes
(uma velha de perfil, olhos desorbitados, esperava
a queda do regalo no regaço).
Davi decapitou Golias: exibiu-o ao povo em guerra.

*Absalón se colgó de los cabellos
hasta que una lanza le atravesó la espalda.
Caravaggio pintó la mueca:
abotagado, idéntico, Goliat a Holofernes.
Cruzó de fierros a Pietro de Cortona.
Aferrado a los cuernos, riente,
Bautista perdió la cabeza por Salomé.*

*Matan, mueren, son libres de muerte.
Raspo la lonja con un cepillo de metal.
Por las tripas gira un pistón de barco,
ojo de buey, oro por ojo.
Vapor, no hay nadie,
en la calle había muchos.
En veinte minutos veintiún años.
¿Por qué me hiciste lo que hiciste?
La sangre va del filo al agua,* rimmel,
*desvío paralelo de neón sobre pared sin luz.
Articular una manera, ¿concedido a quién,
a todos?
Algo se deja rozar al decirse
hasta volverse a vivir de casi invisible manera.
Gira un momento la esquirla de un trompo donde nada está.
Al mirarte, el parabrisas sacudió un montaje montañoso.
El hecho tiene alas tan cortas o largas
como si anticipara un peculiar patrón:
andar a pie, andar descalzo
sobre pasto grava arena macadam.
Dónde bajar, y cuándo.*

*La muchacha en bicicleta cayó delante del coche
(no era tuyo: era un Fiat).
La rueda paró contra su pecho.
Casi le sangra la garganta.
Entramos a un inmueble frente al faro-fortaleza de La Barra.
Un cura dice: "Son las ocho y media si no ha parado el reloj."*

Absalão enganchou-se pelos cabelos
até que uma lança transpassou-lhe as costas.
Caravaggio pintou o esgar:
intumescido, idêntico, Golias a Holofernes.
Cruzou de ferros Pietro de Cortona.
Aferrado aos cornos, ridente,
Batista perdeu a cabeça por Salomé.

Matam, morrem, são livres de morte.
Raspo o couro com uma escova de metal.
Pelas tripas gira um pistão de barco,
olho-de-boi, ouro por olho.
Vapor, não há ninguém,
pela rua havia muitos.
Em vinte minutos vinte e um anos.
Por que me fizeste o que fizeste?
O sangue vai do fio à água, *rimmel,*
desvio paralelo de neon sobre muro sem luz.
Articular um modo, concedido a quem,
a todos?
Algo se deixa roçar ao ser dito
até ser outra vez vivido de modo quase invisível.
Gira um instante a estilha de um pião onde não há nada.
Ao te olhar, o pára-brisas abalou uma montagem montanhosa.
O fato tem asas tão curtas ou tão longas
como se antecipasse um peculiar padrão:
andar a pé, andar descalço
sobre grama brita areia macadame.
Onde descer, e quando.

A garota de bicicleta caiu diante do carro
(não era teu: era um Fiat).
A roda parou contra seu peito.
Quase lhe sangra a garganta.
Entramos num imóvel em frente ao farol-fortaleza da Barra.
Um padre diz: "São oito e meia se o relógio não parou."

*También es la una y media de la tarde
según la luz ya adentro de la iglesia.
Termina —empieza— alguna cosa.
Una experiencia se suelda con otra
pero no se confunde, fruto de un compromiso circunstanciado;
no repetir es la consigna para investigar
donde el camino se interrumpe.
Otra vuelta revelará
lo que algunos escondieron o mostraron
pero no supimos definir;
a veces sucedió aunque no durara.
Los signos multiplican nunca cabal conocimiento, impedido
por circunstancia dilatoria:
pocos años, poca plata.
Así Gatsby o Stahr contemplan la langosta
expuesta en la vitrina de un café.*

E também é uma e meia da tarde
segundo a luz que já adentra a igreja.
Acaba — começa — alguma coisa.
Uma experiência solda-se a outra
mas não se confunde, fruto de um compromisso circunstanciado;
não repetir é a ordem para investigar
onde o caminho se interrompe.
Outra volta revelará
o que alguns ocultaram ou mostraram
mas não soubemos definir;
às vezes isso se deu, embora não durasse.
Os signos multiplicam jamais cabal conhecimento, impedido
por circunstância dilatória:
poucos anos, pouca grana.
Assim Gatsby ou Stahr contemplam a lagosta
exposta na vitrina de um café.

ARTURO CARRERA

Nasceu em Buenos Aires em 1948. Publicou os livros de poemas *Escrito con un nictógrafo* (Buenos Aires, Sudamericana, 1972), *Oro* (pela mesma editora, 1973), *La partera canta* (idem, 1982), *Ciudad del colibrí* (Llibres del Mall, Barcelona, 1982), *Arturo y yo* (Ed. da la Flor, 1984), *Mi padre* (Buenos Aires, Ed. de la Flor, 1985), *Animaciones suspendidas* (Buenos Aires, Losada, 1986), *Ticket para Edgardo Russo* (Buenos Aires, Último Reino, 1987) e, pela mesma editora, *Children's Corner,* em 1989.

LA PARTERA CANTA (fragmentos)

un niño me sostiene, un niño es mi pensamiento, un niño es el desposeimiento más puro de mi cuerpo de amor, y el deseo participa en otro sitio de mí de ese festín: distancias..
....................uniones....................sueños...............................
...............que hacinan en mi cerebro las varillas de los ojos y el ceño de la mirada: los señuelos del deseo y las palabras que precipitan hacia ese otro sitio donde vacila el niño, de memorias, el sello, donde él vibra endemoniadamente como anzuelo del deseo.

A PARTEIRA CANTA (fragmentos)

um menino me sustém, um menino é meu pensamento, um menino é o despossuir mais puro de meu corpo de amor, e o desejo participa noutro lugar de mim desse festim: distâncias..
......................uniões....................sonhos........................
...........que enfeixam em meu cérebro os bastonetes dos olhos e o severo do olhar: as iscas do desejo e as palavras que precipitam rumo a este outro lugar onde o menino oscila, de memórias, o selo, onde ele vibra endiabrado como anzol do desejo.

la poesía es la cáscara de un fruto que se pudre en un sueño donde yo, como partera, les sonrío tras mi cocktail de potlatchs: sistemas cada vez más impuros de intercambio, monedas que una rata lame y lima. movida moneda de cera donde Bataille soñaba. la poesía era "la vergüenza" y el miembro mismo de ella. los poetas los seres más castrados pues Ella era sólo un refugio de la irrealidad del intertexto: el retrato archimboldesco de un hada: la huella de una huella..

a poesia é a casca de um fruto que apodrece num sonho onde eu, como parteira, lhes sorrio após meu cocktail de potlatchs: sistemas cada vez mais impuros de troca, moedas que uma ratazana lambe e lima. movida moeda de cera onde Bataille sonhava. a poesia era "a vergonha" e o próprio membro dela. os poetas os seres mais castrados pois Ela era apenas um refúgio da irrealidade do intertexto: o retrato archimboldesco de uma fada: a marca de uma marca..

raspada mímesis entre relámpagos de helio: el bosque insonorizado, la ducha de las vibraciones, la niebla anaranjada que se tendía sobre nosotros y el torrente silencioso de follajes. El deslizamiento venenoso de las lianas y los cables. Lubas del córtex, súbitas noches de los antros de sedas contráctiles. Llamados inadvertidos y fiestas de los reversos: festines fragmentados del dolor y de la contracción: enteras cuentas de los niños en nuestro entero cuerpo y en todas las danzas el amor atado en sus saetas giratorias: unos listones que se resquebrajan, unas manos de látex que soplan y se hinchan como velámenes y el fuego y la respiración bajísima de los amordazados y la respiración jadeante y frenética y angustiosa como la de una locomotora atravesando un bosque de algas: la reina de los niños y el coral chirriante de las niñas hidráulicas, la paloma de Arquita, las lucífugas sonrisas de los gatos quirográficos, los Gilles intermitentes de una página negra y sangrienta raspada por el niño que avanza: más, más, más, pujando, más, pujando, más, más, más, ya está en corona y más. Ya nace. Oh, glaciar negro y rojo emplazando sus ojitos ¿abiertos? ¿cerrados? Oh, esa cabecita jabonosa delatora de nuestra vida y de "nuestra" mirada; esa mascarita de proa apareciendo en el vapor escarlata y asegurándonos una vez más, con su sonrisita de Buda, la toilette rutinaria de los muertos y los niños..

raspada mimese entre relâmpagos de hélio: o bosque insonorizado, o jato das vibrações, a névoa alaranjada que se alongava sobre nós e a silenciosa torrente de ramarias. O deslizamento venenoso dos cipós e dos cabos. Lubas do córtex, súbitas noites dos antros de sedas contráteis. Irrefletidos apelos e festas dos avessos: festins fragmentados da dor e da contração: inteiras contas dos meninos em nosso inteiro corpo e em todas as danças o amor atado em suas setas giratórias: uns listéis que se racham, umas mãos de borracha que sopram e incham como velâmens e o fogo e a respiração baixíssima dos amordaçados e a respiração arfante e frenética e angustiada como a de um trem atravessando uma floresta de algas: a rainha dos meninos e o coral estridulante das meninas hidráulicas, a pomba de Arquita, os lucífugos sorrisos dos gatos quirográficos, os Gilles intermitentes de uma página negra e sangrenta raspada pelo menino que avança: mais, mais, mais, empurrando, mais, empurrando mais, mais mais mais, já está despontando e mais. Já nasce. Oh, glaciar negro e vermelho apontando seus olhinhos, abertos? fechados? Oh, essa cabecinha saponácea delatora de nossa vida e de "nosso" olhar; essa máscara de proa surgindo no vapor escarlate e assegurando uma vez mais, com seu sorrizinho de Buda, a toilette rotineira dos mortos e das crianças..

soy la partera que alumbra al tiempo que oye alumbrar, la que corre al filo del Kielland donde rota la cabecita jabonosa de un feto en corona.
soy la que se desmultiplica, míos y tuyos los enanitos a la vez. y es cierto que otras hombras sabias danzan agitando zarcillos cuando los neonanitos caen en las bacías. oh, trabajo del parto: bajo inertes desenvolvimientos crueles entretienes la Belleza. mis herméticas diestras alzan los párvulos al mundo: los acuesto cuidadosamente sobre la panza cóncava de sus madres que ciegas plañen, masticando anestesias leves, dando aún rienda suelta a sus impetuosísimos músculos sentidos. soñando todavía una fórmula para sus programados movimientos: "IS NOT IN LIBRARY". y hay quienes abren ostentosas órbitas hacia el cielo quirófano. y hay quienes tuercen la boca con una túnica mueca de asco prometeico. y yo las miro con las unas y con las otras como a la esfera de oro el Inca Garcilaso:

es el obvio impudor
del universo querellante

sou a parteira que dá luz enquanto ouve dar à luz, a que corre no fio do Kielland onde gira a cabecinha saponácea de um feto em coroa.
sou a que se desmultiplica, meus e teus os anõezinhos ao mesmo tempo. sim, e outros marimachos sábios dançam agitando argolas quando os nenenzinhos caem nas bacias.
oh, trabalho de parto: sob inertes desenvolvimentos cruéis divertes a Beleza. minhas destras herméticas elevam os pequenos ao mundo: deito-os cuidadosamente sobre o ventre côncavo das mães que se queixam, cegas, mastigando anestesias leves, soltando as rédeas de seus impetuosíssimos músculos sentidos. sonhando ainda uma fórmula para seus programados movimentos: "IS NOT IN LIBRARY".
e há as que escancaram órbitas rumo ao céu quirófano. e há as que torcem a boca com uma túnica esgar de asco prometeico. e eu observo tanto umas quanto outras como a esfera de ouro o Inca Garcilaso:

    es el obvio impudor
    del universo querellante

....
yo quería embaucar al que fingía leer y que la mirada sólo unas líneas que nadie se decidiría a mirar. los niños desaparecían de mí como del sol los topos. los niños fluían hacia un tropo solar. descansando sin miedo allí donde los blancos reclamaban algo así como las maniobras de un peine en la cabellera de alguien que nació peinado...............
....

....
eu só queria iludir o que fingia ler e que o olhar não passasse de umas linhas que ninguém resolveria olhar. os meninos sumiam de mim como do sol toupeiras. os meninos fluíam rumo a um tropo solar. descansando sem medo ali onde os brancos reclamavam algo como os movimentos de um pente nos cabelos de alguém que nasceu penteado..
....

EDUARDO MILÁN

Nasceu em Rivera, República Oriental do Uruguai, em 1952. Mora atualmente no México. Publicou em sua cidade natal os livros de poemas *Secos y Mojados* (1974) e *Estación, Estaciones* (1975); em Barcelona, *Nervaduras* (Llibres del Mall, 1985). *Una Cierta Mirada* (México, UNAM, 1989) reúne suas resenhas da recente poesia latinoamericana. Organizou, junto com M. Ullacia, *Transideraciones,* tradução ao espanhol dos poemas de Haroldo de Campos (México, El Tucán de Virginia, 1987).

ESTACIÓN DE LA FÁBULA

    I

entre la lámpara y la
frente de luz:
puente
            tridente blanca
ahí se ahogan las palabras
gotas
      blancas
rojas como el poema:

    II

gotas
      blancas
rojas como el poema:
traspaso
          —dos—
              gotas
ahí se ahogan las palabras
blancas
      rojas
en blanco:

    III

              como morada
agua
      tintas moviendo
                  (peces)
focos:
frente y lámpara
            luz de-
          moviéndose peces
    (tintas)

ESTAÇÃO DA FÁBULA

    I

entre a lâmpada e a
fronte de luz:
ponte
        tridente branca
aí se afogam as palavras
gotas
    brancas
rubras como o poema:

    II

gotas
    brancas
rubras como o poema:
traspasso
      — duas —
          gotas
aí se afogam as palavras
brancas
     rubras
em branco:

    III

          qual violácea
água
    tintas movendo
        (peixes)
focos:
fronte e lâmpada
       luz de-
       movendo-se peixes
(tintas)

A Horácio Costa

NERVAL: NERVADURAS

I

*luz negra del laúd
luto atado al
brazo de la luz
         luto de la luz
contra
claridad celesta de la voz:
dice Nerval
pero diría alondra o halo
claridad de la voz
dicha celeste*

II

*nervaduras:
         tantea
el insecto
en el teatro de la gota
de luz
         que gotea
láctea:
         la invencible* tea

A Horácio Costa

NERVAL: NERVURAS

I

luz negra do alaúde
luto atado ao
braço da luz
           luto da luz
contra
claridade celesta da voz:
diz Nerval
mas diria halo ou calhandra
claridade da voz
festa celeste

II

nervuras:
               tenteia
o inseto
no teatro da gota
de luz
           que goteia
láctea:
           a invencível *teia*

TAMARA KAMENSZAIN

Nasceu em Buenos Aires em 1947. Publicou *De este lado del Mediterráneo* (textos, Buenos Aires, Noé, 1973), os poemas de *Los No* (Buenos Aires, Sudamericana, 1977), *La Casa Grande* (pela mesma editora, em 1986) e o volume de ensaios *El texto Silencioso* (México, UNAM, 1983).

*Se interna sigilosa la sujeta
en su revés, y una ficción fabrica
cuando se sueña. Diurna, de memoria,
si narra esa película la dobla
al viejo idioma original. (Escucha
un verbo infantil el que decifra
una suma que es cifra de durmientes
delirios conjugados en pasado.)
¿Quién, por boca habla de los sueños
cuando hacia ellos la vigilia va o
cuando lo envuelte con ellos en esa
pantalla da la sábana se escribe?*

Em sigilo insinua-se a sujeita
em seu avesso, e uma ficção fabrica
quando se sonha. Diurna, de memória,
se descreve esse filme o conforma
ao velho idioma original. (Ouve
um verbo infantil o que decifra
uma soma que é cifra de adormecidos
delírios conjugados no passado.)
Quem por palavra fala de seus sonhos
quando a vigília os está vigiando ou
quando na tela do lençol se grafa
o que com esses sonhos vai envolto?

*El ropero caja negra, los
modos registra de la tela
que otro por el ojo de la moda entre mutantes deseos registró.
Laborioso espacio en el gusto
gestado, por el gasto. Saca su
inversión a la vidriera y es
desfile que desviste secretos
de aquél al que vestido mantiene,
sujeto. (Épocas, hipotecas, en
lujo estampan de miseria la
historia del mutante maniquí.)*

O roupeiro caixa negra, os
modos registra do tecido
que outro pelo olho da moda entre mutantes desejos registrou.
Laborioso espaço no gosto
gestado, pelo gasto. Descobre
-se invertido na vitrine e é
desfile que desveste segredos
daquele que vestido mantém,
sujeito. (Épocas, hipotecas, em
luxo estampam de miséria a
história do mutante manequim.)

OUTROS TÍTULOS DA EDITORA ILUMINURAS

TRANSIÇÃO E PERMANÊNCIA
MIRÓ/JOÃO CABRAL: DA TELA AO TEXTO
Aguinaldo Gonçalves

O TREM E A CIDADE
Thomas Wolfe

33 POEMAS
Régis Bonvicino

TUDOS
Arnaldo Antunes

TUTANKATON
Otávio Frias Filho

VARIEDADES
Paul Valéry

THE VERY SHORT STORIES
Horácio Costa

VIAGEM A ANDARA: O LIVRO INVISÍVEL
Vicente Cecim

O VIDRINHO
Luis Gusmán

IMPRESSÃO E ACABAMENTO
BANDEIRANTE
S.A. GRÁFICA E EDITORA
FONE: (011) 452-3444